ausgegoren.de

LEIF KOSTMAS

*Leif Kostmas, geb. 1978,
schreibt unter dem Pseudonym Leif Kostmas
unterschiedliche Texte aus den Bereichen
Sucht und Psychologie*

1. Auflage
© 2019 Kostmas, Leif
Alle Rechte vorbehalten
Umschlagmotiv /- gestaltung: © 2019 ausgegoren.de
Im Buch verwendete Bilder: © 2019 ausgegoren.de

Herstellung und Verlag:
BoD - Books on Demand, Norderstedt
ISBN: 978-3-748-13046-8

DANKE, SHORTY!

Inhaltsverzeichnis

Vorwort

„**R**ealität ist eine Illusion, hervorgerufen durch den akuten Mangel an Rauschmitteln.“ Aber wie war es denn noch gleich, nüchtern zu sein? Im Verlauf der Sucht geriet es in Vergessenheit.Von falschen Wahrnehmungen, den Abarten menschlicher Psyche, instabilen und affektiven Emotionen sowie vorübergehender Bedürfnisbefriedigung und konstruierten Dreiecksbeziehungen.

Doch der Reihe nach...

Prolog

Es ist der letzte Mittwoch im Februar diesen Jahres. Wie im Norden Deutschlands nicht anders zu erwarten, ist es nasskalt und diesig, ungemütlich. Um halb sieben morgens aufgestanden, die üblichen 3-4 Bier rein gekippt um den anstehenden Entzugserscheinungen zu entgehen. Willkommen in meinem Leben, bei der morgendlichen Routine namens Alkoholabhängigkeit, dem eines sogenannten Spiegeltrinkers

Etwas ist heute anders: Geplant ist der nächste Anlauf einer Entgiftung, eines qualifizierten Entzuges. Taxi in das seit zwei Wochen geplante Krankenhaus kommt wie bestellt und ist pünktlich am Ziel. In einem Krankenhauses im nördlichen Hamburg werde ich mich meiner vierten Entgiftung in kurzer Zeit stellen. In dieser Klinik wird es der zweite Anlauf sein, zwei weitere in anderen Kliniken kommen dazu.

Korrekterweise dreht es sich um multiplen Substanzmißbrauch, sogenannte Polytoxomanie, quer durch sämtliche illegale Drogen und diverse Medikamente mit Abhängigkeitspotential. Hier soll es sich nun ausschließlich um den Alkohol drehen, da alle anderen Abhängigkeiten aktuell im Griff sind. Um durch die Wartezeit bei der Aufnahme nicht in die Entzugigkeit zu geraten, spüle ich mir kurzerhand ein Flachmann Vodka vom Supermarkt in der Nähe runter. So lande ich denn irgendwann in meinem Zimmer, mit 2,38 Promille morgens um kurz nach neun. Zwischen glatt null und rund fünf ist so der Satz bei Aufnahme.

„Jede Entgiftung wird kompizierter als die zuvor"

Es folgen die Eingangsuntersuchungen, Gespräche mit dem Personal und Messungen alle zwei Stunden, wann der Wert auf unter 1,2 fällt, um die Entzugsmedikamente, wie Distraneurin oder Oxazeparm *(Kurz: Distra bzw Oxa)* verabreichen zu können. Diese können bei höherer „Drehzahl" lebensgefährliche Komplikationen auslösen. Ähnlich bei „Kaltem Entzug", daher der ganze Aufwand in einer Klinik. So wird am Tag der Aufnahme eine individuelle Dosis verabreicht. Im weiteren Verlauf wird diese langsam zurück gefahren.

Jede Entgiftung wird komplizierter als die davor. Man steckt mit jedem Rückfall noch tiefer drin in der Abhängigkeit und die reine Entgiftung wird schwieriger und dauert länger.

Erst einmal wieder unter den Lebenden, am Tag drei, darf man denn in Begleitung das Gebäude verlassen. Ab Tag vier auch alleine. Dies wird mit der Verfügbarkeit von Alkoholika in direkter Nähe wie auch mit dem Abschätzen der Nebenwirkungen der Entzugsmedikation zusammen hängen, beide Risiken gilt es zunächst zu minimieren.

Veränderungen

Irgendetwas ist bei dieser Entgiftung grundlegend anders; Das Setting, also das Drumherum, ist mir wohl bekannt, daran kann es nicht liegen. Allerdings lässt sich mein Körper dieses Mal nicht ohne Weiteres auf das Abdosieren ein, an Tag vier immer noch auf Maximaldosis der Entzugsmedikation. Dazu kommen unkontrollierbare Anspannungs- und Erregungszustände, die weitere Medikamente notwendig machen. Die Stimmungslage pendelt wie ein Seismograph, ich halte alles schriftlich fest ab jetzt.

Von völlig trivialen äußeren Einflüssen viel zu schnell angetriggert erlebe ich Stimmungswechsel wie bei einer bipolaren Störung in Zeitraffer. So weit nicht unbedingt neu für mich, aber die Intensität hat eine bis hier hin unbekannte Qualität erreicht. Mehrmals täglich erreicht der Triggerlevel beinahe die 100%, ein Gegensteuern wird immer schwieriger und ist oftmals nur noch mit fluchtartigem Verhalten und zusätzlicher Medikation möglich. Von Suchtdruck und Suizidgedanken gebeutelt nehme ich Reiss aus und laufe vor mir selber weg.

Seit Sonntag nun wird vorsichtig abdosiert, meine Schlafphasen reduzieren sich auf 3-4 Stunden in der Nacht, am Tag versuchte ich es gar nicht erst, und die Stimmung liegt im oberen Bereich, manisch. Die

Spannungszustände nehmen immer noch extreme Formen an.

Zusammensetzungen

So lange man noch Promille hat, gilt das Zimmer-
gebot. Auf einem Dreibettzimmer gesellte ich mich
zu Martin und einem anderen, beide mit deutlich
zweistelliger Zahl an Entgiftungen in der Alkoholi-
ker-Karriere. Am Stationsprogramm teilnehmen ist
ebenso tabu wie die Interaktion im Tagesraum mit
anderen Patienten. Leuchtet wohl auch jedem ein,
wer möchte schon gerne frisch trocken geschleu-
dert ein Gegenüber oder gleich einen ganzen Raum
mit Alkoholgestank ertragen. Bis zum Abendbrot
habe ich jedenfalls die 0,0 nicht mehr erreicht,
womit ich denn erst am nächsten Tag unter die
Truppe frisch trockengeschleuderter Menschen
durfte.

Endlich Frühstück am nächsten Morgen, mit wem
habe ich das Vergnügen diesmal? Diese Runde
setzte auf eine feste Sitzordnung zu den Mahlzeiten,
im Gegensatz zum letzten Mal, da war freie Platz-
wahl. So beschlagnahmte ich den freien Platz am
Vierertisch mit Claudia zu meiner Linken, der aktuell
einzigen Frau auf Station. Und, ich habe ihn aus op-
tischen Gründen so genannt, Hr. von Bödefeldt zu
meiner Rechten. Unser Tisch stand an der Wand-
seite des Raumes, wo sich unter anderem das Be-
steck und die Thermoskannen mit Heißwasser
befanden.

Hr. v. Bödefeldt jedenfalls glänzte mit einer unmöglichen Art und Weise, mangelnder Körperpflege und

der Ansicht, dass die Regeln einer solchen Gruppe nicht für ihn gelten. Ja, auch hier gibt es ungeschriebene Gesetze, ohne die ein Zusammensein frisch trocken gelegter relativ schwierig werden kann.

An dem Tisch schräg neben uns, an der Fensterseite, waren die Plätze belegt von: Matthias, einem recht ruhigen Vertreter; René, ein groß gebauter und trainierter Mensch, für den sich die meisten Verschwörungstheorien wie z.B. Chemtrails im Kopf zu barer Münze manifestiert haben; Roland, Kettenraucher und Spielsüchtiger neben dem Alkoholiker sein, dem Großteil seiner Zähne beraubt und Sascha kräftig gebaut, schwarz gekleidet, glattrasierter Kopf und eine auffällige Silberkette um den Hals tragend.

An dem Tisch in der Mitte saßen die älteren Semester, einer mit Rollator unterwegs und ein anderer am Stock, recht übergewichtig, Karl-Heinz. Neben den beiden eine schlacksige Gestalt vom Kiez namens Heinrich, eine abgehalfterte Lederjacke in beige, ungepflegt und geisteig nicht mehr auf der Höhe, was ihm in der Folge den ›Hein-Blöd‹ einbrachte.

Am hintersten Tisch fanden sich Stefan, ein zarter Riese mit einer ausgeprägten Fehlhaltung von Schulter, Arm und Kopf auf sowie sehr schlechten Zähnen und langsamer Aussprache sowie Denkprozessen zum Einschlafen. Daneben gab es noch „Mütze", der es sich zur Lebensaufgabe machte, wirklich saublöde Sprüche trommelfeuerartig zu klopfen, welcher nur keiner lustig fand. Außer Stefan. So weit erst einmal das aktuelle Umfeld also. Dazu lief das für solche Stationen obligatorische Radio. Zu den Mahlzeiten wurde es, wie auch der Fernseher, abgeschaltet. Dies war für Neuankömmlige meist der einzige Kontakt zur Außenwelt. Was sich auf der Station selbst abspielte, dafür gab es den sogenannten Flurfunk. Am Schwesternzimmer vorbei gehend, schnappte man hier die Neuigkeiten auf, weil immer irgendwas grad gesprochen wurde. Oder man sah eben die Neuzugänge live. Was denn im Rahmen der stillen Post draus wurde, kann man sich denken.

Am Freitag wurde ich, wie in jeder Entgiftung irgendwie, zum stellvertretenden Gruppensprecher ernannt. Da der eigentliche Gruppensprecher von Freitag bis Sonntag mit sich selbst beschäftigt war und dieses Amt denn am Sonntag Abend bereits wieder niedergelegt hatte, hatte ich den ganzen Zirkus sowieso alleine an der Backe. Was macht ein Gruppensprecher, sein Stellvertreter oder beides in einer Person? In erster Linie der verlängerte Arm des Personals in Richtung Patienten; Dazu ein Auge auf Neuzugänge zu haben und Ansprechpartner für diese bei allen möglichen Belangen zu sein. Dinge ans Personal weiter geben, welche einfach an denen vorbei gehen. Und manchmal auch Samstags schnell noch bei Aldi 30 Eier einkaufen, wenn diese vergessen wurden - wer verzichtet schon gerne auf das Sonntags-Ei ?

Herr von Bödefeldt jedenfalls eskalierte am Samstag Morgen, ein Brötchen wurde wütend platt gehauen und Unverständliches geschimpft. Nach dem Mittag begab sich dieser in sein Belastungs- Wochenende, das ist in den 16 Tagen Qualifizierter Entzug das zweite Wochenende, wo man fünfeinhalb Stunden dem Klinikum fernbleiben darf. Er verließ uns wohlgemerkt mit Koffer und per Taxi.

„Jeder ist für sein Tun und Unterlassen selbst verantwortlich."

Das als solches muss nichts bedeuten. Evtl. auch schon einfach einen Teil der Klamotten nach Hause bringen, da der Entlassungstag in der kommenden Woche sein wird.
Besagter Patient war denn allerdings zum und nach dem Abendessen nicht zu sehen. Eine Nachfrage bei der Schwester ergab denn, dass dieser auch nicht wieder auftauchen wird. Es sollte allerdings nicht das letzte Mal sein, dass ich ihn sehe. Viele Mutmaßungen könnte man darüber nun anstellen - letztlich kann man das aber auch genau so gut sein lassen. Jeder ist für sein Tun und Unterlassen selbst verantwortlich.
Tags drauf setzte sich Claudia denn auf den frisch desinfizierten freien Platz.

Am Montag Vormittag waren für mich zwei Außentermine wahrzunehmen. Nach dem ich wieder auf Station war, gegen Nachmittag, durfte ich denn bei der Fr. Sander, der Sozialberaterin der Station, zum Gespräch - mit der Fragestellung, ob ich „gekifft" hätte. Irgendwo zwischen einem erstaunten Gesichtsausdruck und aufgesetzten Lachen konnte ich beim besten Willen nicht verstehen, was diese Frage soll, schließlich lag mein letzter Joint mehr als 15 Jahre zurück. Hintergrund soll gewesen sein, dass es nach frisch weg gekifftem Gras gerochen haben soll, als ich vom Außentermin wieder auf Station kam. Zum anderen hätte das Stationspersonal ausgesagt, ich sähe müde aus.

Also, das ist zweifach bemerkenswert: Zum einen wird unterstellt, dass ich den Joint direkt vor der Tür entsorgt haben muss; Zum anderen ist ein müdes Aussehen nun Grund für die Annahme des Konsums? Habe zwar versucht, mich zu argumentieren - die Glaubwürdigkeit eines Suchtkranken ist aber in der Regel nicht besonders hoch. Also wurde schlussendlich eine Urinkontrolle angeordnet. Warum man dann erst fragt und rumbohrt, hat sich mir so nicht erschlossen. Wie erwartet verlief diese Kontrolle negativ, zur Absicherung aller somit.

Gegen Nachmittag gesellte sich Fiete mit an unseren Tisch, ein Neuzugang von Freitag, den ich bis dato gar nicht so recht wahrgenommen hatte. Claudia und Martin mochten ihn wohl und waren der Meinung, dass er gut zu unserem Tisch passen würde. Ein groß gewachsener Mensch mit breiter Statur; Unbeholfen und grobe Motorik, wenig rücksichtsvoll. Anfang 30, mit kindlicher Naivität und wenigstens ADHS, aber was bedeutet das schon. Psychische Begleiterscheinungen sind bei Abhängigen entweder der Nährboden, aus dem die Sucht entstand - oder sie sind durch den ständigen Substanzmißbrauch erst entstanden. Er hatte diesen Typ „Bauerntölpel" an sich, wenig schmeichelhaft - aber das traf es ganz gut.

Claudia und ich gingen am frühen Abend spazieren. Man hat viel Zeit in einer Entgiftung, und wer im Stationsablauf unter den teils anstrengenden Mitpatienten nicht wahnsinnig werden möchte und dazu in der Lage ist, dreht draußen seine Runden. Sie erzählte mir, welche Geschichte hinter Sascha steht. Die äußere Erscheinung lässt sich noch ein wenig ergänzen:

Eine tragische Person, geistig stark unterentwickelt, oftmals mit wutverzerrter Miene vor seinem Laptop mit Kopfhöhrern auf, hörte man ihn raunen „Ich muss töööten". Weiter auffällig war, dass er gerne Barfuss in der Klinik unterwegs war und seine Schuhe unter dem Tisch stehen ließ.

„Die Klinik Alsterdorf arbeitet eng mit dem UKE zusammen."

Das zum Eindruck, den man von ihm auf den ersten Blick hatte. Im Dunkeln wollte man ihm jedenfalls nicht so gerne alleine begegnen. Zu seiner Sucht hatte ein Trauma geführt: Er wurde von einer Gruppe Männern dazu eingeladen, unter welchen Umständen auch immer, mit denen zu Feiern an einem Wochenende. Alkohol und Drogen nicht abgeneigt, ließ er sich darauf ein. Ein Martyrium sollte folgen, aus den Feierkumpanen sollten seine Peiniger werden und mißbrauchten ihn stundenlang. Er vertraute sich dem Gruppensprecher vor mir an, welcher das einzig richtige Tat: Es vertraulich an das Personal weiter zu tragen. So kam Sascha selbst langsam aber sicher in weiter führende Gespräche mit Therapeuten und Ärzten, was letzten Endes auf eine anschließende Traumatherapie hinaus lief. Zu diesem Zwecke sollte er wenig später bereits in das UKE verlegt werden, wo eine medikamentöse Vorbereitung auf das Folgende eingeleitet wurde. Solch eine Maßnahme konnte hier schlichtweg nicht angeboten werden. Die Klinik Alsterdorf arbeitet aber eng mit dem UKE zusammen.

Am Tag drauf, es war Claudias letzter Tag, wir saßen nach dem Sport zusammen auf einen Tee, wurde eine weitere Patientin am Tagesraum vorbei gebracht. Gebracht, da diese vom Personal unter dem Arm gestützt wurde, eigenständiges Gehen war denn wohl nicht mehr drin.

René meinte, dass er glaube, sie zu kennen von einer Entgiftung vor kurzem, um die Weihnachtszeit herum. Anita oder so ähnlich sei ihr Name. Nach der Promillezahl braucht man hier auch nicht zu forschen, auf 0,0 wird sie jedenfalls nicht gewesen sein, also ist zu den Mahlzeiten zunächst nicht mit ihr zu rechnen. Ich habe sie einmal an der Messstation für Blutdruck gesehen, tagsüber im Vorbeigehen, sie sah furchtbar aus. Auffällig war ein großflächiges Tattoo, welches den kompletten linken Unterarm bedeckte. Claudia hat direkt beschlossen, dass diese Anita denn ihren Platz bekommen soll, an dem Tisch, wo nach Claudias Aussage die umgänglichsten und vernünftigsten Patienten sitzen.

Auch wenn ich bei so einer Aussage die Stirn runzeln muss: Vergleichsweise war da tatsächlich was dran. Bei Verschwörungstheoretikern oder unlustigen Zirkusclowns etc. würde ich jetzt auch nicht unbedingt die einzigen Highlights des Tages verbringen wollen. Somit war mit Anita denn unser Tisch wieder voll belegt. Hier hatte ich meine Finger übrigens nicht im Spiel.

Sondierungen

Bereits beim Abendbrot war „Jane" *(Stellte sich als Ariane, kurz 'Jane' vor; Anita war knapp daneben)* denn so weit ausgenüchtert, dass sie hätte bei uns sitzen können. Hat sich aber lediglich den Teller befüllt und ging zurück Richtung Zimmer. Wer sich noch nicht dazu im Stande fühlt, der isst eben nicht im Tagesraum. An Tag eins der Entgiftung absolut verständlich. Nur nicht für unseren Bauern, der sprang direkt aus dem Hocker und wollte ihr hinterher. Ich habe ihn recht scharf angefaucht mit dem Hinweis, dass sein Arsch auf dem Sitz bleibt und er sich mangels Sachkenntnis von frisch Entzugigen besser fern hält. Für ihn schwer nachzuvollziehen, da er eben auch einer derjenigen ist, die mit 0,0 in die Aufnahme kamen, also bei weitem nicht so verstört sind am ersten Tag. Meine Asympathie ihm gegenüber nahm spätestens hier ihren Anfang. Sie sollte sich bis zum letzten Tag hin ziehen.

Tags drauf war Ariane denn wieder vollständig unter den Lebenden. Ihre Mappe mit der Essensplanung der nächsten Woche lag vor ihr an ihrem Platz, die Neugier packte mich und ich guckte auf Name und Geburtsdatum. Eine Nikolausin, vier Jahre jünger als ich; Also auch Schützegeborene. Sie trudelte zum Frühstück ein und war nicht so wortkarg wie manch anderer am zweiten Tag.
Jetzt fiel mir der rechte, nicht tätowierte, Unterarm auf: Die Innenseite war gespickt mit rund 25 kleinerer Schnitte in einer Reihe, sogenanntes Ritzen.

Diese waren noch nicht abgeheilt, also keine 10 Tage alt. Sie erzählte viel von sich und dem, was passierte, auch in deutlich früherer Vergangenheit, Drogenkarriere und instabile Beziehungen, suizidales Gedankengut, polizeibekannt, soziales Umfeld weitestgehend zerstört, an sich am Ende von gar nichts angekommen. Nächster Step endet unter einer Brücke oder tödlich - aus Versehen oder mit Absicht. Wie bei fast allen an diesem Tisch. Im Laufe des Tages fielen mir immer mehr typische Muster einer behandlungsbedürftigen psychischen Erkrankung auf: Borderline. Weiterhin ist Jane neben mir die Einzige in der aktuellen Gruppe, die Polytox ist.

Fiete, wiederum der Einzige bei uns am Tisch, der sein Leben noch nicht weitestgehend kaputt gesoffen hatte, interessierte sich zunehmend für Jane. Er hat, wie manch anderer in Kliniken dieser Art, ein Helfersyndrom. Das in Ehren, wußte er aber nicht im geringsten, wen oder was er da vor sich hat.

*„Es war für mich ein klares Abstecken mei
nes Reviers."*

Borderline ist mit einer gewissen Vorsicht zu begegnen, je nach Ausprägung. Drei Borderliner an einem Tag bringen selbst jeden professionellen Therapeuten an den Rand des Wahnsinns. Das habe ich ihm auch unter vier Augen zu verstehen gegeben, dass er seine Samartiter- Nummer nicht übertreiben soll, und sich nicht verrennt in einen Menschen, dessen Psyche das reinste Wrack ist.

24

Zugegeben: Es war für mich auch ein klares Abstecken meines Reviers. Ich interessierte mich selbst für Jane. Das aus zwei Gesichtspunkten: Zum einen war mir klar, dass mit Jane was geht, also warum nicht die Entgiftung in diese Richtung aufwerten; Zum anderen interessiert mich die menschliche Psyche mit ihren Facetten und Erkrankungen einfach. Kein Neuland, also war mir zumindest mehr oder weniger klar, worauf ich mich da einlasse.

Nach dem Frühstück machte sich Klaus mit Sack und Pack auf in Richtung Langzeit Entwöhnungstherapie, Raum Frankfurt. Das Ganze sollte per Bahn passieren. Ein einfaches 'Tschüss, mach was draus!' von meiner Seite hatte zu reichen, während der Tisch der Unverbesserlichen ihn der Reihe nach umarmte und er mit René allen Ernstes noch die Telefonnummern tauschte, um sich zur nächsten Entgiftung hier *(avisiertes Ziel: Sommer diesen Jahres)* wieder gemeinsam einfinden zu können. Erst hier wurde denn gesagt, dass die beiden sich von einer anderen Entgiftung bereits kennen, da zusammen in einem Zimmer waren. Da kann man schon mal so leicht vom Glauben abfallen.

An seine Stelle rückte Ulrich nach, ein geschätzter Mitt-50er, große und auffällige Schuppenflechten an den Armen und in den Haaren. Kurz zuvor ist bereits Sascha in Richtung UKE verlegt worden. Hier kam an seiner Stelle der recht unauffällige Dieter hinzu. Immer sehr ordentlich, gepflegt und mit einem ganz charmanten Lächeln. Anfang 50 schätze ich, Typ: Wunsch-Schwiegersohn. Irgendwie als wäre er gerade auf dem Weg zu einem Date. Allerdings so nicht sonderlich redseelig, was ein Date leicht erschweren könnte.

Mittwoch Abend. Auf Station 9, der Entgiftung, immer im Programm: bis zu 2std Vortrag der bekannten Selbsthilfegruppe 'Anonyme Alkoholiker'. Natürlich ranken sich Mythen und Gerüchte über sie. Sie seien eine Sekte, dann wird ein religiöser Hintergrund gemutmaßt. Weil die AA's überwiegend in kirchlichen Gebäuden ihre 'Meetings' abhalten, das wohlgemerkt aus rein rationeller Überlegung: Kostengründe, bei Kirchen lässt sich so ein Sitzungssaal günstig anmieten. Letztlich gibt ihnen die weltweite Verbreitung und der damit verbundene Erfolg aber recht. Grundidee dabei ist, dass jeder im Meeting seine Redezeit hat, in welcher ihn keiner unterbricht, hinterher werden keine Fragen gestellt oder das Thema ausdiskutiert, auch nicht im Anschluss an das Meeting. Dieses Vorgehen ist speziell bei den AA's und es scheint zu funktionieren.

Nun ist es aber auch so, wenn zwei von denen in einer Klinik ihren Vortrag halten kommt nach der Vorstellung der AA's deren jeweils individuelle Geschichte vom Weg der Alkoholkarriere, der lange Weg rein und wieder raus. Diese Geschichten sind mitunter sehr schick angereichert mit einer ordentlichen Ladung Fantasie und Dramaturgie. Wenn man sich den Spass macht, die Einzelheiten etwas genauer zu zerlegen, denn wird man sehr schnell raus finden, dass die Hälfte davon so niemals statt gefunden haben kann. Dennoch sind es schöne Geschichten; Ob sich davon jemand motivieren lässt hängt von jedem selbst ab. Ich hatte den Eindruck, als wenn die meisten unserer Runde schon längst woanders waren gedanklich. Ist aber auch unchristlich, sowas von 19-21h zu veranstalten, nach 12 Stunden auf den entzugigen Beinen.

Kurzum: Nach dem ersten Vortrag, nennen wir ihn einfach mal unseren Weinfreund, war ich schon mächtig abgenervt und mein Trigger Level stieg bedrohlich an. Als der sich denn nach einer dreiviertel Stunde verabschiedete und sein Kollege mit seiner rührseligen Geschichte los legte, verließ ich den Raum. Das war nicht mehr auszuhalten.

Einen Tag später durfte Jane, es war Donnerstag, in Begleitung die Station verlassen. Also gingen wir des Öfteren zu viert spazieren: Martin, Fiete, Jane und ich. Meist zwei/zwei, also die beiden Anderen vorweg und Jane und ich mit einigem Abstand folgend. Ich kam relativ schnell an Jane ran, sie war aber auch offen wie ein Buch, welches gelesen werden wollte. Und es war, als hätte man alle Seiten heraus gerissen, einmal durch gemischt und völlig wirr wieder rein geklebt. Bereits am morgen lernte ich ihre Mutter kennen, welche in der Psychiatrie hier auf dem Gelände in Behandlung war, nach Entgiftung und vor Langzeit Therapie hier geparkt zur Rückfallprophylaxe.

Gegen Mittag wurden wir angesprochen, dass dieser Ulli bei gestrigen Meeting mit den AA's diverse Teile seiner Schuppenflechte im Besprechungsraum verloren hat und auch nur im Tshirt dort saß. Die

Überlegungen gingen natürlich in die Richtung, dass sowas auch im Essen landen könnte, wenn Ulli Tischdienst habe. In der Konsequenz hatte ich nun das Personal aufzusuchen und drauf zu drängen, dass er eine Pullover-Auflage bekommt. Das geschah denn auch umgehend.

Jane allerdings fragte mich mehrmals auf dem Weg zum Personal, ob ich mir das so überhaupt zutrauen würde, anzusprechen. Wenn nicht, übernähme sie das natürlich auch für mich. Mir war nicht so ganz klar, was diese Frage sollte.

Jane wurde bereits gestern in ein zwei Bett Zimmer verlegt, was auf baldingen weiblichen Zuwachs unter den Patienten schließen ließ. Die weitere Patientin kam aber erst heute - und wurde im Rollstuhl herein gefahren. Ich habe sie lediglich von hinten gesehen. Anfangs dachte ich, ihre neue Zimmergenossin ist eine alte Bekannte von mir von der ersten Entgiftung, welche mir in der Nacht zu heute wirre Sprachmails geschickt hat. Die Person, die rein gerollt wurde, sah aber anders aus - sehr jung vor allem.

Abends traute sie sich recht verstört in den Tagesraum, nachdem der Pfleger Torsten *(Unter Patienten: Schwester Torsten, einfach nur, weil er die einzige männliche Pflegekraft auf dieser Station war)* dort bereits tagsüber einmal wieder raus geholt hatte, da sie noch nicht ausgenüchtert war. Fiete fragte sie natürlich prompt, wie viel Promille sie denn habe. Ich glaube, sie hat das nicht mal mit geschnitten, jedenfalls hat sie nicht drauf reagiert und ging wieder. Habe mir meinen Lieblingsbauern jedenfalls abermals zur Seite nehmen müssen und ihm noch mal gesagt, wie das mit Neuzugängen zu handeln ist, insbesondere da er weder Fingerspitzengefühl noch Ahnung hat.

Eine der Schwestern war auch grad hier und nicht so recht erbaut darüber, dass einige Patienten solche Mengen an Kaffee trinken, dass es sowohl die eigentlich wünschenswerte innere Ruhe empfindlich störte als auch den Blutdruck nach oben jagte. Auf Station gibt es nur koffeinfreien Kaffee; Der eine oder andere besorgt sich daher löslichen, mit Koffein.

Im Tagesraum jedenfalls sprach diese Schwester das Thema gegenüber Hein-Blöd an, welcher seine innere Unruhe mit einem generellen Unruhig-sein erklären wollte und das ihm das hier eben alles nicht passe. Schwester wurde dann, zu Recht, deutlich und etwas verbindlicher im Ton „Sie wissen selbst, dass sie von dem ganzen Kaffee so flattern!" Was natürlich verneint und der Schwester denn irgendwann zu doof wurde. Zusätzliche Ruhigstellung gab es jedenfalls nicht.

Überwiegend bestand zwischen Jane und mir der Mittwoch bis Freitag ein lockerer Umgang mit sehr eindeutigen Anspielungen. Wie diese zu bewerten waren, das war mir nicht so ganz klar. Überspielt sie sich selbst und die Situation gerade mit dieser Fassade? Oder steckt etwas dahinter? Dies heraus zu finden war riskant. Was, wenn der Versuch des körperlichen näher Kommens eben nicht erwidert wird? Das könnte unangenehm werden. Unsere Spaziergänge waren mittlerweile nur noch zu zweit, aber ohne sich näher zu kommen. Bei einem dieser erzählte ich ihr von der Geschichte um Sascha und der Zusammenarbeit mit dem UKE. Er war ja bereits verlegt und die beiden sind sich vorher nie begegnet, sonst hätte ich ihr das nicht erzählt.

In diesen Tagen spielt sich bei und für Jane noch der Nachgang mit einer beziehungsähnlichen Vergangenheit aus der Schweiz ab, welche erst vor kurzem beendet war und ihren aktuellen Rückfall mit verursacht hat. Natürlich kenne ich nur ihre Darstellungen und den Inhalt von WhatsApp Nachrichten, die mir wohlgemerkt ungefragt vorgelesen wurden. Ziemlich verletzend und beleidigend kommen diese Nachrichten des Absenders daher, was auch immer dort genau vor gefallen ist.

Am Samstag zum Mittag überkam Jane etwas, was der eine oder andere aus Entzügen kennen dürfte: Aus heiterem Himmel schoss die Grenze des Erträglichen durch die Decke, der Anspannungslevel geriet zu hoch und eine Panikattacke kündigte sich an. Fluchtartig ließ sie alles stehen und liegen und verschwand in ihrem Zimmer. Wer ahnt, was während dessen passierte? Korrekt, Fiete, unser einsamer Samariter eilte beinahe hinterher, wollte helfen. Mal wieder habe ich ihn scharf bremsen müssen. Er wolle verstehen, was da passiert und helfen. Ja nun gut, aber der einzige, der jetzt helfen kann ist sie selbst - und zwar alleine. Das muss auch unserem Bauern langsam mal in die vertrocknete Walnuss zwischen seinen beiden Ohren gehen, dass er sich da raus zu halten hat.

Morgen empfängt der FC St. Pauli am Millerntor den HSV. Das lokale Sportereignis des Jahres. Da auf nicht-pay-TV Sendern nicht zu empfangen, sollte das Ganze denn über mein Laptop laufen, ange-schlossen an den Fernseher im Tagesraum. Dies wurde uns nur nicht erlaubt, also blieb nur der kleine Bildschirm vom Laptop. Heute ging es aber auch erst einmal darum, die typische Nervennah-rung für das Spiel zu besorgen. Einige Gruppen machten sich nach und nach auf den Weg, jeder or-ganisierte irgendwas. Abgesprochen war zwar gar nichts, aber der Überhang wird auch nicht lange rum stehen. Jane und ich haben Weingummis und Chips beigesteuert.

Sonntag nun das Laptop in Position gebracht, Ti-sche zusammen gerückt und alles ungesunde Zeugs auf selbige drappiert, Mobile Box angeschlossen und der Spass konnte beginnen. Die recht jung wir-kende Patientin war ebenfalls mit von der Partie. Jane stiftete zehn Euro via paypal an Sky, so dass wir eine Tagesflat für Fussball frei geschaltet beka-men. Die Software eingerichtet, funktionierte. Jeder in der Runde hat denn einen Euro in den imaginä-ren Topf geworfen, womit Jane selbst auch nur einen Euro gezahlt hat und der Rest wieder rein kam.

St. Pauli hat verloren. Mehr möchte ich an dieser

Stelle fast nicht dazu sagen, außer dass unser Bauer, als einziger HSV-Fan in der Runde, sich ab-göttisch daran hoch gezogen hat, dass die vier St. Paulianer eben mit ihrem Verein das Nachsehen hatten. Natürlich ist HSV eben eine andere Liga, aber herrje.
Abrt muss man sich gleich so aufspielen?

Annäherungen

Noch einmal zurück zum Freitagabend: Es gab kein Halten mehr, all in. Beim Spaziergang umarmte ich Jane von hinten. Sie meinte noch 'Bist Du sicher, dass wir das tun sollten?' - bejahend sie umgedreht und geküsst. Lange, sehr lange, und wie wahnsinnig dazu. Ich wusste nicht mehr, wo mir der Kopf stand, das war unglaublich.

Auf Station ist das ein absolutes No-Go. Es war aber auch schwer möglich, die Finger von einander zu lassen. Eine blöde Situation; Es führte eben dazu, sich in der Ergotherapie am Samstag in einen separaten Raum zu zweit zurück zu ziehen um Zärtlichkeiten so weit auszutauschen, wie es im angezogenem Zustand möglich war.

Im Grunde nutzten wir jede Möglichkeit, eine riskanter als die andere, um uns nahe zu sein. Da das Wetter nicht mit spielte, mussten wir uns im Gebäude ausleben und -toben.

Was dazu führte, dass wir am Samstag Nachmittag im hintersten und wirklich allerletzten Winkel der Klinik, dort wo drei Bereitschaftsärzte nebeneinander ihr Büro haben, vor lauter Geilheit Sex im Stehen, quasi auf der Türklinke, hatten. Abends sind wir erneut dort hin, diesmal mit einer Bettdecke von Station unter dem Arm, und haben uns dann liegend vor diesen Türen ausgetobt. Der Nervenkitzel war immens und stieg noch einmal, wenn ein paar dutzend Meter weiter die einzige Automatiktür zu diesem Komplex öffnete und man Schritte hörte. Wie zwei Kinder auf der Schultoilette, so in etwa kam einem das vor. Und die Unvernunft hatte uns wieder: Natürlich alles ungeschützt und ohne Verhütung. Sie zog mich regelrecht in ihren Bann, es war elektrisierend und gegen alle Vernunft.

Am Sonntag Nachmittag ging es kurz nach dem Fußballspiel in die nächste Runde, wieder vor diesen drei besagten Arzt-Räumen. Fest davon ausgehend, dass am Wochenende ja keiner hier sei - was natürlich blanker Unfug war. Immerhin ist es ein Krankenhaus und das sind Bereitschaftsärzte. So, halb ausgezogen und knutschend auf dem Boden liegend, war unter der mittleren Tür Licht von innen zu sehen und aus dem Raum rechts daneben hörte man deutlich, wie Papier zusammen getackert wurde. Der Schreck hat gesessen, blitzschnell angezogen, das 'Lager' unter den Arm geklemmt und nichts wie weg. Es folgten in besagtem Kellerbereich noch weitere Versuche, dem Sex ein Ort zu geben, unter anderem auf einer Toilette. Noch ungemütlicher als die Aktion vor den Arzt-Türen und angereichert mit Schritten direkt vor der Tür haben wir denn auch diese Idee verworfen.

Waren wir jetzt zusammen? Die Emotionen jedenfalls liefen regelrecht über. Was passierte hier?
Umgehend drehte es sich darum, für beide die gleiche Reha Klinik bewilligt zu bekommen; also schloss sich Jane meiner Wunschklinik an.
Weiterhin, der Starttermin war für mich erst fünf Wochen nach der geplanten Entlassung aus der Entgiftung, musste eine Überbrückung her. Dies

hauptsächlich, da mir klar wurde, wie anfällig ich für einen Rückfall bin. Zum anderen würde Jane selbst in einer Woche in die Psychiatrie wechseln können. Nach Entlassung ihrer Mutter, da diese nicht zeitgleich auf derselben Station sein dürfen.

Zum anderen ist bei mir noch keine Abklärung und Diagnostik erfolgt, was meinen 'Dachschaden' angeht. Dass einer vorliegt, habe ich mir in den letzten Monaten eingestanden. Seitens der vorherigen Kliniken ist aber nie genug Zeit da gewesen um abschließend zu klären, was da oben nun schief geht und wie man das behandeln kann. Insofern kann eine mehrwöchige stationäre Behandlung zur Abklärung in der Psychiatrie hier auch für mich nicht von Nachteil sein.

Am Montag nun hatte Martin seinen letzten Tag und brach von hier aus nach Travemünde zur Reha auf. Seinen Platz am Tisch hat der Neuzugang auf Janes Zimmer eingenommen. Sie war doch gar nicht so jung, wie es zu Anfang schien. Lag an ihrer recht kindlich anmutenden Figur, weshalb ich ihr über das Wochenende bereits den Namen „Shorty" verpasst hatte. An sich eine ruhige Person, hat eine Menge Mist erlebt wie wir alle und unser Samariter Fiete war natürlich direkt wieder zur Stelle. Jane und ich scherzelten herum, dass wir die beiden doch miteinander verkuppeln sollten.

Montag Nachmittag stand denn noch eine Gruppentherapie an, Thema Psychoedukation. Der Therapeut fragte, ob in unserer Runde psychische

Erkrankungen vorlägen. Keiner antwortete - ich schaute einmal die Runde durch, die meisten Geschichten hört man als Gruppensprecher eh sehr schnell, und meinte denn:

„Sie können sich was aussuchen: Reine Depressionen, Bipolare, Hypomanien, Borderliner, Nazistische Störungen, Phobien mit und ohne Panikattacken und Traumata; Also für jeden Geschmack was dabei"

Müde lächelnd gab es nickende Zustimmung aus dem Kreise.

Irritationen

Bereits am Freitag hab ich beim Sport eine unglückliche Bewegung hingelegt. Seitdem ist der Meniskus im linken Knie wieder sehr schmerzhaft bei bekanntem Schaden. Hinzu kommt ein Hexenschuss, dessen Nährboden sowohl das Knie als auch die Verrenkungen mit Jane dort im Keller am Wochenende lieferte und nun anständig schmerzt. Bis hier war Bedarfsmedikation angesetzt, Novalgin.

Am heutigen Dienstag ist Visite und die Medikation wird verdoppelt und fest verordnet, um zumindest den Schmerz zu durchbrechen. Ich bringe das Thema ein, dass ich bitte doch in der Psychiatrie geparkt werde, da ich bei mir eine sehr hohe Rückfallgefahr sehe. Meine Entlassung steht ja nun aber bereits auf dem Programm in wenigen Tagen, so dass ein nahtloses Verlegen kapazitätsbedingt nicht mehr in Frage kommt. Meinem Wunsch wurde entsprochen und ein Platz mit sechs Tagen zu Hause zwischen den Kliniken war das schnellste, was möglich war.

Zum Schluss der Visite mahnt die Stationsärztin dazu, dass aufgefallen ist, dass Jane und ich uns sehr mögen. Im Falle einer Beziehung dieses aber nicht toleriert werde und diziplinarische Maßnahmen ergriffen würden.

Was soll man da noch widersprechen und so tun, als wären die doof? Mit den Worten 'zur Kenntnis genommen und die Stationsregeln werden eingehalten' habe ich das denn so akzeptiert. Jane ist einige Zeit nach mir in der Visite, ihr wird das Gleiche auch noch einmal gesagt. Ich hatte sie bereits vorgewarnt und ihr geraten, es gar nicht erst abzustreiten, weil ich das auch eingeräumt hatte.

Nachmittags, ich quatsche auf dem Flur mit Jane, sprudelt es aus ihr denn heraus:

„Weisst du, hier Shorty hat erzählt, dass darf ich dir eigentlich ja gar nicht sagen ..."
„denn behalte es auch bitte für dich, denn nur für deine Ohren war das wohl bestimmt"
„Stimmt, da hast Du recht. Och, danke!"

Finde ich gruselig, an sich vertrauliches einfach so weiter zu tragen. Offenheit hin oder her, so etwas stört mich einfach und es geht mich auch nichts an.

Wir wollen noch ein wenig spazieren. Jane, Shorty und ich. Jane hat nach kurzer Zeit keine Lust mehr und dreht um, es war recht frisch und windig. Ich drehe mit Shorty eine Runde alleine. Kurz vorher ließ ich noch im Tagesraum eine nicht ganz ernst gemeinte abfällige Bemerkung über die Band 'Deichkind' ab, welche von ihr mit einem '*Ey, sag nichts gegen Deichkind*' zurück gewiesen wurde. Wie käme ich auch dazu, bin ja selbst großer Fan von deren Texten und Shows.

Noch recht verhalten, kommen wir aber hier und da ins Gespräch. Unter anderem erzählte sie, was nach ihrer Entgiftung geplant ist. Tagesklinik Alstertor sollte es werden. Da ich selbst diese Einrichtung versucht hatte und als Fehlschlag bewerte, riet ich ihr davon ab. Nicht, weil diese generell nichts taugt, sondern weil ich sie vom Typ und von der Stabilität her nicht dort sehe.

Es gibt eine Menge Menschen, für die das genau das Richtige ist. Für mich selbst was es nichts und bei Shorty sehe ich das ähnlich. Jane riet ihr übrigens einen Tag vorher auch bereits davon ab.

Am nächsten Morgen, es ist mein Entlassungstag, erzählt Shorty mir, dass sie die Tagesklinik abgesagt hat und nun eine Langzeittherapie angehen möchte. Weiter erzählt sie, dass sie am Abend von Jane allen Ernstes gefragt wurde, ob ich sie beim Spaziergang 'angemacht' hätte. Erst hat sie es wohl gar nicht so recht verstanden, was damit gemeint war, so absurd kam ihr diese Frage vor.

> *„Was ich denk und tu, dass traue ich auch an eren zu"*

Die Borderliner Kognition und Projektion beginnt sich zu zeigen, ich bin irritiert: Zum einen über die Unterstellung als solches, zum anderen darüber, dass ich nicht gefragt werde, ob Shorty mich vielleicht angemacht hat. Also mangelndes Vertrauen bei gleichzeitigem Vertrauensmissbrauch (Mails aus der Schweiz vorlesen, anvertraute Inhalte von Mitpatienten erzählen wollen) - Was ich denk und tu, das traue ich auch anderen zu.

Es wird auch klar, dass aus unserem anfänglichen unbekümmerten Spielchen mehr geworden ist als beabsichtigt. Oder doch nicht? Wie verlässlich ist der Ausdruck von Gefühlen, nachdem eben diese jahrelang mit psychotropen Substanzen überlagert und vergiftet worden sind? Man kann es sich schließlich auch schön reden: Kennen gelernt unter Umständen, die gleich die finstersten Abgründe unseres Ich's an das Tageslicht beförderten. Jane hat durchblicken lassen, dass meine Vermutung mit der Borderline Geschichte korrekt ist und als gesicherte Diagnose gilt.

Richtig behandelt wurde diese jedoch bislang nicht und eine medikamtentöse Einstellung ist auch Fehlanzeige bisher, was das ganze Bild natürlich im Laufe der Jahre nicht gerade besser gemacht hat, wie sich noch sehr deutlich zeigen sollte.

Es wird deutlich, dass unter den Umständen für uns ganz klare Regeln aufgestellt werden müssen. Beide haben eine jahrzehntelange Abhängigkeitskarriere durch, beide sind de facto psychisch nicht mehr ganz knusper und haben uns bis an den Rand der Existenz gesoffen.

Ich habe meine Entlassungspapiere bekommen und eine erneute Einweisung in die Psychiatrie erhalten vom Hausarzt und bin erst einmal wieder zu Hause Es ist manches mal nicht gerade einfach, Jane im Rahmen zu halten. Sie sprudelt über vor Euphorie aber sieht immer wieder in Shorty eine Konkurrenz. Mal schickt sie Bilder von den Orten, an den wir gewisse Gemeinsamkeiten, wie Sex, haben. Mal macht sie unrealistische Pläne für die Zukunft, wobei das

jetzt und hier noch nicht einmal beantwortet werden kann. Für Sie ist es ein Selbstgänger, dass die
Therapie in spe denn gemeinsam klappt, ich danach
zu ihr ziehe und wir Kinder haben sollen. Ich
wünschte, ich könnte diesen Optimismus teilen,
wobei es sicherlich motivierend wäre. Jedoch sieht
die Realität anders aus:

> *„Zwei Ertrinkende können sich nicht gegen-*
> *seitig retten!"*

Wir sind, jeder für sich erst einmal genommen, in
der Situation, dass wir so ziemlich alles in den Sand
gesetzt haben und als allererstes mehr als nur ein
gesunder Egoismus gelebt werden muss, damit
jeder für sich selbst aus dem Mist wieder raus
kommt. Danach kommt erst einmal ganz lange gar
nichts - und dann irgendwann mal unter ferner Liefen ein 'Wir'.
Um es bildlich zu sagen: Zwei Ertrinkende können
sich nicht gegenseitig retten. Wir wurden gerade
noch gepackt und zurück ans Ufer geworfen. Hier
müssen wir nun aufstehen und gerade aus gehen,
gerne auch Hand in Hand. Wenn einer umdreht und
zurück ins Nass geht, muss der andere ihn ziehen
und ertrinken lassen - oder er säuft mit ab.

Bei dem Gedanken wird mir komisch, zumal sich
Nachmittags der 4er-Tisch um Ulli usw. lautstark
über ihre vergangenen Sauf-Eskapaden unterhielte.
Ja, beinahe damit anstachelten, wer es noch doller
getrieben hat. Die Unverbesserlichen auf einem

Haufen - und wo steht Jane? Wo stehe ich?

Als Voraus-Kommando sind René und Matthias in dieser Woche auf die Station 7/8 der offenen Psychiatrie verlegt worden. In einigen, wenigen Tagen wird Jane und kurz danach ich selbst auch dort eintreffen.

Komplikationen

Es folgen sechs Tage nach der Entlassung, wo wir uns nicht sehen. Bis zu meiner Aufnahme in der Folgewoche in der Psychiatrie, in die Jane bereits einige Tage vor mir verlegt wird.

Diese Unterbrechung ist gekennzeichnet von ihrer Idealisierung des Ganzen ohne kritisch drüber nachzudenken, von Schmetterlingen im Bauch, von verliebt sein bis hin zu Liebe.
Davon, dass sie Shorty so super gern hat, dass sich nach meiner Entlassung wohl einige Leute jetzt massiv daneben benehmen würden. Sie ist wieder in Ihrer Manie, reißt aber regelmäßig nach unten in totale Downs aus. Die typische Schwarz-Weiß-Denke ohne Graustufen dazwischen zeichnet sich immer weiter ab. Ein Borderliner kennt nur Ja oder Nein, Freund oder Feind, Liebe oder Hass - Idealisierung oder Abwertung.

Am Morgen des Montag, an dem Sie verlegt wird, geht sie direkt an die Decke: Auf Ihrem Zimmer, ein zwei Bett Zimmer, welches sie im Moment alleine bewohnen soll, gibt es keine Dusche und kein Klo, die gemeinschaftlichen Einrichtungen sind zu benutzen, welche auch nur zwei Türen entfernt liegen. Für Sie dennoch eine Zumutung und nicht hinnehmbar, will die Klinik verlassen.
Es fällt mir schwer, dagegen zu steuern, sie irgendwie wieder zu beruhigen - weil auch nur per Whatsapp möglich gerade, ich sitze im Auto auf dem

Weg nach Magdeburg. Das Personal kam zu dessen täglichem Morgenmeeting zusammen, wo auch dies besprochen wurde. Mit der Zusage, dass Shorty in der Folgewoche wieder ihre Zimmergenossin würde, hat sie denn sie anderen Umstände in Kauf genommen. Bis dahin wird sie dieses Zimmer alleine bewohnen.

Ich selbst bin aus den schlimmsten Schwankungen so weit raus, Fiete kann mir auch nicht mehr auf den Sender gehen *(Mensch, was hatte ich den gefressen, den Bauern)*, und blicke auf eine ruhige Zeit zurück, seitdem mit Jane was am werden ist. Meine Gemütslage bewegt sich im positiven Bereich, kleinere Spitzen kommen vor, wie der erste Abend ohne klinisches Setting zu Hause.

Am Mittwoch nun Aufnahme in der Psychiatrie, ich kenne hier sechs Patienten. Dies macht das Ankommen zwar einfacher, allerdings ist es für mich auch mit der Reflektion verbunden, warum ich so viele psychisch gestörte kenne und die auch noch alle hier sind. Natürlich können Jane und ich uns nicht direkt gegenseitig um den Hals fallen, ein versteckter erster Kuss muss für den ersten Moment ausreichen. Vormittags falle ich bereits in mein erstes schwarzes Loch, ein depressiver Schub, die Anspannungskurve ist hoch.
Mit einer Promethazin lässt sich das Ganze einigermaßen richten. Wir gehen nach dem Mittag spazieren, in Richtung Alsterdorfer Markt und sehen in einiger Entfernung Shorty.

Rufen, begegnen uns. Shorty sehnt den morgigen Tag herbei, den ihrer Entlassung, da sie die Umstände und die Leute nerven. '*Es ist schön, Euch beide wieder zusammen zu sehen.*', sagt sie.

Im Anschluss eine gelöste und manische Stimmungslage; Als es dunkel wird, ziehen wir uns in Janes Auto zurück (*Seit dem Wochenende steht es beim Klinikgelände*), parken an einer schwach beleuchteten Seitenstraße und fallen übereinander har. Es hat gefehlt, diese Geilheit war nicht auszuhalten. Und die Vernunft ist mal wieder in weiter Ferne.

Am Abend stellt Sie, auch rückblickend auf die Ermahnung vom Montag was Pärchenbildung angeht, den Umstand 'was wäre wenn' in den Raum, verknüpft mit aberwitzigen Forderungen: Gesetz dem Fall, es käme raus, und einer von uns müsse die Station deswegen verlassen, so hätte ich das zu tun, ohne wenn und aber. Ohne Luft zu holen gerät sie in einen Redeschwall ohne Grenzen, ich hätte Gentleman zu sein, schließlich ist sie länger hier, sie braucht diese Sicherheit der Station um nicht rückfällig zu werden und ob ich im Fall der Fälle rückfällig würde, sei ja nicht ihr Problem. Sie habe ewig warten müssen, bis ihre Mutter hier entlassen wurde, damit sie selbst aufgenommen wird. Ich komme mir gerade vor, wie das Männchen nach seiner Paarung mit einer Gottesanbeterin.

Das Gesprochene gerät ins bodenlose, wird immer energischer und orientiert sich an keiner Sachgrundlage mehr, entbehrt jeder Logik. Als ich endlich mal zu Wort komme, wende ich ein, dass nicht hier und jetzt schon der Teufel an die Wand gemalt werden sollte, sondern man evtl mal dort ansetzten sollte, wo das Problem überhaupt erst entsteht: Dabei, dass es bekannt wird und die Klinik sich zum handeln gezwungen sehe. Dass ausgerechnet letzteres nie der Fall gewesen wäre, stelle ich einige Zeit später fest. Also, gar nicht erst die Munition liefern, so dass kein Mensch überhaupt erst auf die Idee kommt, 'Abzudrücken'.

Der Einwand bremst sie nur wenig, sie ist in Rage, ihr Borderline typisches Ich- Verhalten pulsiert, verwechselt Ursache und Wirkung. Sie gerät zurück in die Schleife, was wäre wenn - und ich mache den eklatanten Fehler, zu sagen, dass auch ich sehr wohl auf den Platz in der Klinik angewiesen bin. Jetzt explodiert sie regelrecht - ich habe ihr gerade gezeigt, dass ich ihr Feind sei.

„Ich hasse Dich, bitte verlass mich nicht."

Von dieser Aussage bin ich überrollt worden, damit hab selbst ich nicht gerechnet, wie im Bruchteil einer Sekunde aus einer Idealisierung eine vollständige Abwertung erfolgt. Zwar war mir das durchaus bewusst, dass es nur diese beiden Schablonen gibt bei Ihrem Bild der Krankheit. Dass diese so schnell umschlagen können, hat mich jetzt wirklich überrascht. Und sprachlos gemacht - das soll erst einmal jemand hin bekommen, Respekt.

Hier weiter zu reden, mit Logik und gesundem Menschenverstand Lösungen zu suchen und zu argumentieren ist zum jetzigen Zeitpunkt unmöglich. Ich verlasse die Situation, eine Promethazine später begebe ich mich in Richtung Zimmer bzw Bett.

Abends erhalte ich noch ein bissel was über Whatsapp, späte Einsicht ihrerseits, verbunden mit Liebesbekundungen und dem werben um Verständnis, dass sie den Platz in der Klinik unbedingt benötigt. Und sie würde mich doch brauchen und Lieben. In bester Manier kann man dies so ausdrücken: *„Ich hasse Dich, bitte verlass mich nicht."*

Das soll Liebe sein? Weiss sie, was das ist? Ist sie dazu überhaupt in der Lage, oder handelt sie im Affekt, und diese vermeintliche Emotion ist nur ein Ausläufer davon?

Es ist Donnerstag früh, an sich gut gelaunt in den Tag gestartet. Es dauert nicht lange, da sucht sich Jane ein neues Ziel: *Meine Laufschuhe*. An Absurdität kaum noch zu übertreffen, dachte ich zumindest. Diese Laufschuhe sind etwas ergraut, sie waren mal weiß. Das wird zum Anlass genommen, diese als nicht geeignet um Sport zu machen zu bewerten, ich sei selbst Schuld, wenn ich Probleme mit dem Knie habe, so könne man nicht laufen, ich solle mir mal Ihre Schuhe ansehen, sehen aus wie neu und bringen einen nach vorne, mein Profil sei abgelaufen und die Schuhe seien bereits schief, ich hätte ja sowieso keine Ahnung und müsse auch mal ihre Tips annehmen, warum ich so beratungsresistent sei usw.

Also, Promethazine sei dank, habe ich hier kaum

etwas zu gesagt, sondern nur müde ja und Amen.

Da diese Schuhe nur wenige Dutzend Kilometer in der Sohle haben, dazu eine sehr genaue Passform und Laufeigenschaften bei einem Fachhändler auf dem Laufband mit mir in den Schuhen drin getestet wurden und ein stolzes Sümmchen gekostet haben, sind diese bestimmt nicht verschlissen, schief oder abgelaufen.
Es ist nur mal wieder ihre Art, mit etwas umzuge-hen, was sie sehen will - und unbedingt abwerten muss, um ihr eigenes Ego auf Kosten anderer auf-zuwerten. Übrigens hab ich diesen Hinweis dankend als Grund in mich aufgenommen, die Schuhe am selben Abend auf 60°C in die Waschmaschine zu stecken. Seitdem sehen sie aus wie neu; Und wo die Sohle abgelaufen sein soll, hat sich mir so auch nicht erschlossen.

Am nächsten Morgen, bzw eher mitten in der Nacht, wache ich in dem emotionalen Tief auf, in dem ich gestern Abend ins Bett bin. Solche Tiefschläge sind im Anbetracht der eigenen Labilität nicht ganz ein-fach weg zu stecken.
Zum anderen sollte ich das bisschen Energie, was noch zu mobilisieren war, nicht mit solchen unnöti-gen Reibereien vergeuden, sondern für mich selbst einsetzen, um diesen Berg zu überqueren.
Die Stimmung gerät immer weiter bergab, Suizid Gedanken plagen mich erneut. Nach dem Frühstück gibt es wieder eine Promethazine, wie auch zum Abend.

Mir kommt erstmals der Gedanke, dass ich ohne Jane dieses Medikament möglicherweise gar nicht brauchen würde. Dieser Gedanke gefällt mir überhaupt nicht.

Kurz vor dem Mittag ist die Stimmung zumindest mal im Normalbereich, wir haben Meeting, also alle Patienten in einem großen Kreis und jeder führt aus, wie die Woche war, was ihn belastet etc. Bei Halbzeit war es mir zu viel, Anspannung ging durch die Decke und ich zog mich zurück.

Nach dem Abendbrot fahren wir zu ihr. Auf dem Weg dort hin folgt die nächste völlig absurde Situation:

Die Chil-out Musik von Ibizas berühmten 'Café del mar' läuft und ich spreche es aus wie 'Kähf del mar', so kenne ich das jedenfalls und in meinem Umfeld wurde es bislang auch so ausgesprochen, was deswegen ja nicht unbedingt richtig sein muss.

„Logik, Fakten und Reflektion sind nicht angesagt."

Fatale Aussprache, ich werde energisch korrigiert, dass es ja *'Kaffeh del Mar'* heissen muss, sie schon dort gewesen sei und alle anderen 200 Menschen vor Ort es auch so gesprochen hätte, ob ich denn dumm wäre warum ich ihr denn da jetzt nicht recht gäbe und meinen Fehler eingestehen würde, ob ich immer so mit Frauen umgehe und wohl kein richtiger Mann sei.

Alle Achtung, was ein möglicher, kleiner Fehler in einer völligen Belanglosigkeit für einen Rattenschwanz an Unterstellungen, Behauptungen und ehrverletzenden Beleidigungen nach sich ziehen kann, wenn der Borderliner in seinen nazistischen Zügen zuschlägt.

Mir verschlägt es abermals die Sprache; Allerdings auch mehr deswegen, dass es sich einfach nicht lohnt, dagegen etwas zu sagen, weil Logik, Fakten und Reflektion für sie eben nicht angesagt sind.

Bei Ihr eingetroffen ist das Thema erledigt, es gibt Sex ohne großartiges Vorspiel und kurz danach geht es wieder zurück in die Klinik. Auch eine ganz typische Facette: Die Handlung finden im limbischen System, lustorientiert, statt. Sie werden dort verarbeitet, nicht im präfrontalen Kortex, wie bei nicht Borderlinern. Ist ein Bedürfnis präsent, muss es auch erfüllt werden. Diese reine Bedürfnisbefriedigung läuft ab nach dem Schema: ʻAlles, was mich befriedigt, ist erwünscht, alles andere wird regelrecht überfahren.

Gegen Samstag Vormittag wollen wir am Alster Oberlauf ein wenig Nordic Walking betreiben, die Umgebung ist dafür perfekt geeignet. Ich verstehe darunter einen Sport, habe dazu mein GPS Tracker mitlaufen um zu beurteilen, ob es was bringt, für Jane ist es eher ein gemütlicher Ausflug. Führte natürlich gleich wieder zu Stress, aber noch im Rahmen. Wir drehen eine Runde und nehmen am anderen Alsterufer den Weg zurück, als sie meint, das würde als halbe Strecke reichen.

Auf dem Rückweg sind wir irgendwie bei dem Thema Körperpflege, genauer, Maske angekommen.

Wieder so eine Belanglosigkeit, wo sie gleich mit pseudo-Wissen auftrumpfen möchte, wie schädlich doch die Masken sind, man das nicht zu oft machen solle und so weiter in bekannter Manier; Ich lasse sie stehen, gebe Gas und drehe mich nicht mehr um. Mir wird noch irgendwas hinterher gerufen, ich habe es weder verstanden noch drauf reagiert.

So langsam wird mir das zu albern hier, ihre ewige Projektion von sich auf andere um diese Unpässlichkeiten denn beim anderen zu bekämpfen.

Gerne passiert das auch im Tagesraum der Klinik mit Belanglosigkeiten, welche denn energisch durch die Gegend posaunt werden, rum Poltern ohne nachzudenken, einen runter machen wollen - Hauptsache wirksam für alle anderen und das Gegenüber dabei möglichst blank ziehen.

Ein Beispiel: Ich habe den Wasserkocher im Tagesraum am erhitzen, es geht genau 1L rein. In meine Thermoskanne auch, Teebeutel für eine Kanne hängen bereits drin. Das Wasser ist heiss, sie drängelt sich mit einem Kaffeebecher dazwischen und faucht mich an, sie ginge als Dame ja wohl vor und ich hätte denn eben Pech gehabt, und müsse mir mein Wasser erneut holen und erhitzen.

Durch den ganzen Tagesraum pöbelnd, was ich denn für ein Arsch wäre und einer Dame nicht den Vortritt lasse kommt sie auch hier nicht mehr runter.

Obwohl ich weder etwas dazu gesagt, noch ihr das Wasser verweigert habe. Ich stand vielmehr überrumpelt neben dem Wasserkocher, mich fragend, was denn nun schon wieder los ist.

Die letzten Tage rekapitulierend könnte man bildlich gesprochen sagen: Ein Borderliner wirft in einer Nacht- und Nebelaktion den eigenen Müll in den Garten des Nachbarn und weiß am nächsten Tag nichts mehr davon, beschimpft den Nachbarn als Drecksau und zeigt diesen noch bei der Polizei wegen Umweltverschmutzung an, verprügelt diesen Nachbarn womöglich noch und ist sich hinterher keiner Schuld bewusst - im Gegenteil, glaubt sogar dran, einer gerechten Sache gedient zu haben.

Mittlerweile habe ich mir angewöhnt, mit Jane am besten gar nicht mehr voraus zu planen, auch wenn hier und da bereits Ansätze dazu versucht wurden. Schon eine Idee, die 24std nach vorne greift, ist zu viel. Mit Ihr länger als 60 Sekunden zu planen ist nicht möglich. Konfliktgespräche zu führen ebenso, willkürlich inszenierte Probleme lassen sich mit sachlicher Argumentation nicht lösen.
Im Laufe des Nachmittags finden wir mal wieder zueinander und fahren zu Ihr. Nachdem sie zu Hause einige Zeit in irgendwelchen Unterlagen von vorangegangenen Therapien gekramt hat und mir davon diverse zum lesen gibt, wie auch ein Buch, frage ich, was das soll. Mich interessieren diese Zettel schlichtweg nicht.
Sie ist geknickt, aber flippt immerhin diesmal nicht

gleich aus - sondern zieht sich aus und legt sich nackend aufs Bett. Bedürfnisbefriedigung. Es ist klar, was dann folgte.

„Mir fällt das Lied 'Alkohol' von Herbert Grö nemeyer ein. Wie wahr."

Sie schwärmte danach auf dem Bett, wie schön einfach doch alles war, als sie noch zur Flasche griff. Alle Probleme weg spülen, ganz einfach Leute kennen zu lernen, mit denen Spaß zu haben. Habe sie gefragt, was sie schreiben würde, wenn sie dem Alkohol einen Abschiedsbrief schreiben solle. Ihre Antwort war mit weicher Stimme „Ich vermisse Dich." - etwas ganz fatales zeichnet sich ab, mir fällt das Lied 'Alkohol' von Herbert Grönemeyer ein. Wie wahr.

Ich kam auf ihr großes Tattoo am linken Unterarm zu sprechen. Es stelle das Universum da, hatte aber auch einen esthetischen Grund: Beim Ritzen im Vollrausch habe sie einmal vollständig die Kontrolle verloren und sich erhebliche Verletzungen zugefügt. Diese waren, aufgrund des Blutverlustes, kritisch und mussten vernäht werden. Aufgrund ihres Alkohol- spiegels im Blut konnte der Arzt keine Betäubung vornehmen und hat die Schnitte denn ohne diese und bei mehr als vier Promille vernäht.

Sie erzählt, dass sie in den Himmel kommen würde, wenn es irgendwann einmal schief ging. Ich halte gegen, mit der Ladung auf dem Kerbholz wird es wohl eher ein paar Etagen enden. Das war jetzt natürlich gleich der nächste Aufhänger und eskalierte, eine Entschuldigung wurde eingefordert, dem kam ich wohlgemerkt nicht nach. Das sie in den Himmel komme, sei mit ihrem Universum abgesprochen.

Eskalationen

Montag war das nächste Meeting, ich ging schon unter Promethazine überhaupt erst dort hin. Warum genau, kann ich nicht mehr nachvollziehen, aber ich geriet in kürzester Zeit so außer Kontrolle, dass sich in mir ein Mischzustand aus Manie und Depression aufbaute, den ich bis dato nicht kannte. Der Anspannungslevel knackte alles bekannte und mir schoss nur ein Gedanke durch den Kopf: Dass die Suizidrate in diesem Zustand am höchsten ist, verstehe ich jetzt. Es war unerträglich, ich musste aus der Situation raus und brauchte ganz schnell noch mehr Promethazine. Es dauerte eine ganze Weile, bis sich der Zustand stabilisiert hatte.

Am Abend, Promethazine die dritte war bereits drin, sind wir spazieren gewesen. Ich konfrontierte sie damit, wie sie mit mir umgeht, indem ich Situationen erzeugt habe, die genau so sind. Im Grunde einen abgeschwächten Spiegel vorgehalten. Erwartungsgemäß geriet sie massiv in Rage, beschimpfte mich und erklärte mir mal wieder den Krieg. Ja, das mögen solche Menschen eben nicht allzu gerne, wenn man ihnen mal einen großen Spiegel vor die Nase stellt. Was ich glaube, wer ich bin, dass ich das Recht dazu habe, so etwas mit ihr zu machen.

Endlich Dienstag; Ich habe mich drauf gefreut, Shorty kommt auf Station. Ich arbeite in der Ergotherapie an einer zeichnerischen Darstellung zum Thema Borderline, fast fertig. Abends flogen mal wieder die Fetzen mit Jane, ich hab keine Ahnung warum. Am nächsten Tag ist das Bild fertig, an sich wollte ich es auf einen Aqua Karton transportieren, aber dazu fehlte mir die Muse nach dem ganzen Stress. Eine DIN A4 Geschichte muss reichen, ich gebe ihr das Bild.

Gegenüber Shorty tut sie sehr angetan und idealisiert mich plötzlich mal wieder, nach gestriger massiver Abwertung. Das steckt Shorty mir später. Ohnehin verstehen wir uns ziemlich gut, was Jane ein Dorn im Auge ist und sie versucht, an ihr rum zu zerren, sie 'auf ihre Seite zu bringen' - was ja doppelt irrsinnig ist, unterstellt Jane doch im gleichen Atemzug, dass wir beide etwas miteinander haben.

Sie wollte am Sonntag Shorty denn ganz gerne mit zum Besuch ihrer Mutter in der Psychiatrie nehmen. Ich bekam das mit und schaute nun, wie ich ganz vorsichtig gegensteuern kann. Es brauchte gar nicht soviel, wie befürchtet. Ich erzählte vom Dom und ob sie nicht Lust hätte, am Sonntag mit mir und ein paar anderen auf den Dom zu gehen. Das sprach sie auf Anhieb an und brachte direkt zum Ausdruck, dass sie eh kein Bock hat, sich in den Stress mit rein ziehen zu lassen und nicht wisse, was sie überhaupt bei Janes Mutter solle.

Die Eifersucht wuchs und wuchs immer weiter, nahezu täglich fragt sie bei ihr nach, ob ich sie angrabe oder ob gar was läuft. Auch wenn ich es langsam lächerlich finde, kommt mir der Gedanke, dass ihr Handeln möglicherweise dem Entzug en-springt: Was, wenn dadurch eine Alkoholpsychose ausgelöst wurde und sich diese als Eifersuchtswahn äußert? Jane mit diesem Gedanken zu konfrontieren scheint mir allerdings unmöglich, also belasse ich es dabei.

„Eifersucht ist die Leidenschaft, die mit Eifer sucht, was Leiden schafft"

Sie kostruiert sich ihre panaoide Welt, für sie immer perfekter, durch eine falsche Beurteilung der Reali-tät, die nicht korrigierbar scheint. Eifersucht ist die Leidenschaft, die mit Eifer sucht, was Leiden schafft.
Am Donnerstag konfrontiere ich sie nun damit, was diese ewigen Unterstelungen sollen. Ich vergaß, dass die Konfliktfähigkeit eben nicht gegeben ist. Die Situation gerät wieder aus dem Ruder.

Shorty und ich rücken nach und nach immer näher zusammen, haben wir doch ein gemeinsames Pro-blem zu bewältigen. Wir sprechen viel darüber unter vier Augen, irgendwo muss dieses Thema hin, für uns ist das schon fast zu viel so langsam.
Shorty wirft ein, dass das genau die Ausgangslage ist, wie das passieren kann, was Jane sich in ihrem regelrechten Wahn einbildet:
Man rückt immer näher zusammen, um das Pro-blem aufzuarbeiten, rückt dabei aber vom Partner immer weiter ab, was diesen abermals zu weiteren, noch schwerwiegenderen Verdächtigungen treibt.

Und dann wieder von vorne, immer tiefer hinein. Die Endlosspirale nimmt ihren fatalen Lauf, aber es gibt auch keinen Ausweg mehr.

Am Abend erfahre ich, dass Deichkind im nächsten Jahr auf Tour ist. Hamburg ist natürlich schon ausverkauft, bin spät dran. Hatte aber in den letzten Wochen auch andere Dinge im Kopf als Konzerte. Für Kiel gibt es noch freie Plätze in der ehemaligen Ostseehalle, ich bestelle auf Verdacht zwei Karten.

Und Matthias von der Entgiftung erzählte noch, dass unser Klaus von dort es nicht wie geplant nach Frankfurt zur Reha geschafft habe, sondern bereits wieder in der Entgiftung gelandet ist. Der Rückfall sei wohl taggenau mit Abreise direkt im Zug passiert. Ein paar Tage später sehe ich beim Spazierengehen denn tatsächlich Klaus vor der Entgiftung stehen und eine rauchen. Ich machte einen großen Bogen drumherum, das musste nicht sein.

Mir war zu dem Zeitpunkt klar, dass es zu einem ganz ekelhaften Bruch zwischen Jane und mir kommen wird und dass dieser unter Umständen massiv polarisiert, speziell habe ich Bedenken, dass zwischen Shorty und mir etwas kaputt geht.
Sie ist mir zu dem Zeitpunkt schon so gut wie egal geworden, ich ziehe meinen sexuellen Vorteil draus und damit hat sich das. Es scheint sich einfach nicht zu lohnen, hier Zeit zu investieren.
Jeden Tag auf's neue geraten wir aneinander wegen Nichtigkeiten. Ein großer Teil mag durch ihr Border-

line Syndrom ja erklärbar sein, aber auch das ist keine Universalausrede. Wenn einem so ein Syndrom eben handlungsunfähig macht, das Gegenüber dabei unterzugehen droht, denn kann das wohl nicht der richtige Weg sein.

Zwischenzeitlich wird nach der Visite nun fest gelegt, mich auf Queltiapin einzustellen, ein recht potentes atypisches Neuroleptikum. Einen Tag vorher ist bereits ein alternatives Schmerzmittel wegen meinem Meniskus fest gesetzt worden, Celecoxib.

Es ist Freitag, Jane und ich haben uns vor genommen auf den Dom zu fahren. Das nach einigem hin- und her, sie wollte zuerst nicht. Zum einen wegen der überfüllten Parkplätze und weil sie nicht mit der Bahn fahren wollte, zum anderen weil sie den Dom als solches nicht so prall findet.
Das fand ich völlig verständlich; Allerdings konnte ich mir auch eine gewisse spitze Zunge ja nicht verkneifen, als es darum ging, dass sie gerne zum Hafen fahren würde. Da kann man erst recht an einem sonnigen Tag wie heute nicht mit freien Parkplätzen rechnen.
Und so war denn eine meiner Bemerkungen, dass sie ja in der Nähe der Feldstraße parken könne - mit einem Augenzwinkern natürlich, weil da der Dom ist. Letztlich kam sie denn auf mich zu und meinte, okay, lass uns zum Dom.
Ich war einigermaßen überrascht, hatte damit schon längst abgeschlossen. Also sind wir los.

Parkplatz war einfach zu finden, fünf Minuten später sind wir auf dem Dom, war noch recht leer und wir gingen langsam drüber hinweg - schnell war eh nicht drin, wegen meines kaputten Knies. Eine Bratwurst später, an sich noch guter Laune gemütlich an den bunten Ständen und Fahrgeschäften Hand in Hand vorbei, irgendwie fühlte es sich einfach ausgelassen und schön an. Denkste. Wie von der Tarantel gestochen legt sie auf einmal Tempo zu, sie will hier weg, alles dreckig und laut, es könne nicht angehen, dass ich sie überhaupt hier her geschleppt habe, sie wollte von vorne herein nicht, ich bin kein Mann, denn die erkennen sofort wenn es der Frau nicht gut geht dabei und würden sie auf Händen raus tragen, die Prinzessin.

Die weiteren Inhalte, wieder einmal verletzend und offene Angriffe, Beleidigungen am laufenden Meter vor aller Öffentlichkeit, spare ich mir an dieser Stelle.

Was glaubt sie denn, dass ich jetzt ein Gang zu lege, um mir die Beleidigungen aus nächster Nähe abzuholen? Wohl kaum, gemäß der Möglichkeiten mit dem Knie ging ich nicht sehr viel schneller, was sie zusätzlich auf die Barrikaden trieb.

Den Ausgang vom Dom denn erreicht, sollte ich mir all das noch einmal anhören dürfen. Also zu ihrem Wunschgebiet, dem Hafen. Das war für sie okay. Auf halber Strecke, die Helgoländer Allee runter, dort, wo die osteuropäischen Obdachlosen unter einer Brücke ihre permanente Matratzen-Siedlung eingerichtet haben; also gerade so, dass dieses Lager überhaupt in der Kurve in Sichtweite kam, fuhr ihr wieder irgendwas durch Mark und Bein. Sie drehte um und machte sich, ziemlich aufgebraust, auf den Weg in die Gegenrichtung.

„Ein Borderliner lügt nicht, er irrt.“

Ich nur so 'Hä?' - ich habe es nicht mehr verstanden, schon auf dem Dom nicht, aber ich bin ja eh zu dumm dazu. Jetzt liegt es daran, dass sie ja von Anfang an lieber an den Elbstrand mit mir gefahren wäre um dem Sonnenuntergang gemütlich und romantisch gemeinsam zu genießen, nicht zu den Landungsbrücken, dort am Strand könne man auch problemlos parken. Das stimmt, nur hat sie den Strand nie vorher erwähnt, weder mit Sonnenuntergangswünschen noch sonst irgendwie. Sie beharrt zu allem Überfluss aber auch noch drauf, die Vermutung mit den Wahnvorstellungen bekommt neue Nahrung. Ein Borderliner lügt nicht, er irrt.

Wir gehen also zurück Richtung Auto, unterwegs normalisiert sie sich wieder. Wir kommen am Millerntor Stadion vorbei, St. Pauli hat heute Heimspiel, ich meine gegen Duisburg. Die Party auf dem Platz davor ist in vollem Gange, sie fragt, ob ich jetzt gerne dabei wäre. Was sollte ich denn sagen, ein seufzendes „Ja" kam mir natürlich über die Lippen. Wohl wissend, dass ich solche Veranstaltungen auf lange Sicht meiden muss.

„Ihre Empathie entspricht einem Kreis mit einem Radius von Null"

Auf dem weiteren Weg kommt uns eine ehemalige Arbeitskollegin entgegen, kurzfristige Freundschaft und Teil einer ganz ekelhaften Geschichte, die ich damals, vor nicht ganz einem Jahr, selbst zu verantworten habe.

Ich habe sie von Weitem gesehen, sie mich nicht, ich habe bei dem Passieren und schon weit vorher auf den Boden gesehen vor Scham. Ich geriet in einen argen Spannungszustand.

Mit Jane über das Thema sprechen zu wollen verlief sich. Gesagtes diente, sofern sie überhaupt so weit zugehört hat, nur als Stichwort für Entgegnungen. Ihre Empathie entspricht eben einem Kreis mit dem Radius Null. Und ihre Toleranzfähigkeit für die Probleme und Belange anderer Menschen passt auf einen Espresso-Löffel.

Ein wenig vor dem Bahnhof holen wir uns etwas zu trinken, alkoholfrei natürlich. Wie aus dem Affekt heraus steuert sie in der Nähe vom Bahnhof Feldstraße den Platz an, wo tagsüber die Betrunkenen rum liegen und abends gedealt wird bis die Heide wackelt. Setzt sich dazu, offensichtlich sich wohl fühlend, und fragt mich noch, warum ich mich nicht dazu setze.

Ich verziehe angewidert mein Gesicht und kehre ihr den Rücken zu. Dies blieb tatsächlich mal ohne Folgen.

Wenige dutzend Meter noch bis zum Auto, nun erzählt sie zu jeder Kneipe hier auf der Ecke ihre Sauf- und Koks-Exzesse. Auch hier gingen die Alarmglocken an, die Sehnsucht mit der sie das sagt, ist entschieden zu groß. Das ist kein einfacher Suchtdruck, den kann man in 20-30min in den Griff bekommen, wenn man eine Spannungsspitze erreicht.

Sehnsucht ist erheblich gefährlicher, weil allgegenwärtig.

Im Auto ist die Stimmung angespannt, sie macht mir wieder Vorwürfe wegen dem Dom, ich wiederum versuche zu verstehen, was auf dem Dom und auf dem Weg zum Hafen passiert ist. Es ging einfach schlagartig in einen Fluchtreflex. Die Stimmung explodiert.

Wieder wird mir vor geworfen, kein Mann zu sein, weil sie als Prinzessin muss ja auf Händen getragen werden. Ich entgegne, zum ersten mal energisch, *'Wenn Du auf Deinen Prinzen wartest auf seinem Scheiß Schimmel, denn schlage ich vor, du suchst dir jemanden, der genauso oberflächlich und verblödet ist wie du. Ich bin da jedenfalls der falsche für"*

Es eskaliert immer weiter und ich wäre am liebsten an der nächsten Ubahn ausgestiegen, aber auf der anderen Seite habe ich das nun auch wiederum nicht eingesehen.

Am Abend wird sie es Shorty gegenüber so darstellen, dass ich völlig die Beherrschung verloren hätte und ausgetickt wäre, rum geschrien habe. Als „Psycho" werde ich bezeichnet. Also, schon die Medikation, ohne die sie eh nicht auszuhalten ist, verhindert genau den Zustand des Austickens, das Zeugs dämpft einen recht zuverlässig.

Kapitulationen

An dem Punkt, während der Autofahrt, fiel mir etwas ein: Sage einem Borderliner einmal, du machst seine Spielchen nicht mehr mit. Du wirst vor Ort und Stelle als kindisch oder albern abgewertet. Das wollte ich, kapituliert hatte ich innerlich in diesem Augenblick sowieso schon, mal live ausprobieren, so rein aus wertfreier Neugierde.

Gesagt, getan - und exakt das kam von ihr. Und es war die einzig richtige Entscheidung, hier aufzuhören. Dazu habe ich sie auch direkt bei allen Diensten wie Whatsapp, Facebook und für Anrufe / SMS gesperrt - ja, sogar bei Xing gesucht und gesperrt. Aber zu Ende war hier noch lange nichts im Gegenteil.

Die Spitzen waren unausweichlich, ihr Freund-Feind-Denken erreichte den Höhepunkt. Shorty war gut genug, damit Jane dort ihren Psychomülleimer ausleeren konnte und auf der anderen Seite gern genommen, wenn es wieder um die wahnhafte Konstruktion von Dreiecksbeziehungen ging.

Am Samstag zum Frühstück, ich wachte um 04:30 erst auf, für meine Verhältnisse schon fast verschlafen, also als erster am Tisch, an dem wir drei an sich immer zusammen saßen. Irgendwann später kamen die beiden rein und ich war gespannt, was passiert. Jane hat sich denn erst einmal demonstrativ an einen anderen Tisch gesetzt und Shorty allen ernstes dazu aufgefordert, sich zu ihr zu setzen, weil das ja sonst blöde aussähe, das sie sich alleine weg setzt.

Da ist er wieder, der absolute ich-Bezug und das einfordern der Befriedigung dessen. Nun kam sie dem aber nicht nach und setzte sich zu mir, weil sie eben immer dort gesessen hat. Das konnte Jane nicht auf sich sitzen lassen und kam denn doch hinterher getrabt, erst hier gab es überhaupt mal ein Guten Morgen von ihrer Seite.

Den Tag über wurde ich von meiner Mitbewohnerin an die Ostsee entführt, nach Grömitz um genau zu sein. Bedarfsmedikation hatte ich dabei und diese war auch nötig. Aus mir nicht bekannten Gründen, die Autofahrt war völlig okay und mir ging es auch nicht schlecht, bin ich im Tierpark dort in Grömitz regelrecht weg geknallt.

Um meiner Mitbewohnerin den Tag nicht zu vermiesen, sie hatte nun wirklich schon eine ganze Menge über sich ergehen lassen was mich angeht, ich stehe mehr als nur tief in ihrer Schuld, blieb ich denn. Wenn auch arg angespannt und teils mit deutlichem Fluchtreflex.

Bei verlassen des Parks fuhr ich schlagartig runter, an der offenen Ostsee im Anschluss war alles in bester Ordnung. Was war passiert? Ich weiß es bis heute nicht. Erging es Jane gestern möglicherweise auch so, ohne dass sie es erklären konnte? Denn hätte sie es zumindest sagen können, das hätte viel Stress und Ärger erspart. Aber ist ja auch passé, ich wollte nicht mehr.

An sich wollte ich über Nacht weg bleiben, mit der Klinik war das so besprochen. Erste Zweifel an der Sinnhaftigkeit kamen mir durch die Aktion im Tierpark. Während der Autofahrt bat ich denn drum, wieder in der Klinik abgeliefert zu werden.

Vorher noch ein wenig Papierkram, unter anderem sind die Karten für Deichkind schon da, zu Hause abgeholt. Ich brauchte für mich einfach das sichere Setting der Klinik.

Nebenbei, oder auch ein wenig mehr als nebenbei, wollte ich wohlgemerkt auch die Situation im Auge behalten, da ich mir um Shorty Sorgen machte. Die stand nun wirklich ungewollt und unverschuldet vor allem unter Kreuzfeuer, andere Mitpatienten gaben ihr bereits die Schuld dran, dass Jane und ich gecrasht sind. Wieder andere dachten ebenfalls, dass ich was mit ihr am Laufen habe, kommentierten das aber nicht negativ. Also zurück zur Klinik.

Hier wieder angekommen erfuhr ich, dass unser Verschwörungstheoretiker René sich bereits am Tag zuvor auf eigenen Wunsch selbst entlassen hatte. Als Begründung soll er angegeben haben, er hätte hier keine Privatssphäre. Das war auch zum Teil so, auf seinem Zweibett-Zimmer war ein Patient, welcher gefühlte 20 Stunden am Tag schlief. Und das nicht nur zwei oder drei Tage hintereinander, sondern jeden Tag. Allerdings war es auch René, der dafür sorgte, dass einige Patienten um ihren Schlaf gebracht wurden. Indem der Fernseher bis tief in die Nacht so laut betrieben wurde, dass selbst geschlossene Türen nichts mehr brachten. Nun, es war aber auch Freitag, der 29te und somit war Geld vom Jobcenter auf dem Konto, dazu schien draußen die Sonne; Ein Schelm, wer dabei an Alkohol denkt. Zynisch könnte man jetzt sagen, dass das geplante Zusammentreffen mit Klaus in der Entgiftung zum Spätsommer hin eben vorverlegt werden musste.

Ebenfalls bereits gestern, in der Nacht zu heute, bekam ich eine Sprachnachricht von einer ehemaligen Mitpatientin aus meiner allererstern Entgiftung. Der Inhalt lies auf drei Dinge schließen: Zum Einen war sie völlig betrunken. Zum Anderen schien es bereits mächtig Ärger in ihrer Beziehung zu geben, was in einen Seitensprung mit mir gemündet ist. Un der Dritte Punkt wäre denn, dass die Mail nicht für mich war. Insofern schon recht amüsant, auch wenn einem erst einmal der Atem stockt: '*Was soll ich gemacht haben? Kann das sein? Wann und unter welchen Umständen haben wir uns getroffen?*'

Es waren Treffen während einer Abstinenzphase bei mir, es ist nichts passiert. Für wen die Mail war, hab ich auch nicht raus gefunden. Aber, leicht peinlich berührt, räumte Cindy das denn am nächsten Tag aus der Welt.

Die Mail war auch schon ohne diesen Kontext recht amüsant, so dass ich diese Abends denn Shorty vor spielte und wir uns gemütlich eins gefeixt haben dabei an unserem Tisch.

So kam Jane dazu als die Mail noch abgespielt wurde und forderte tatsächlich ein, diese auszumachen, weil sie das nicht interessiert. Etwas verstört guckte ich erst Shorty an, der Blick war auch recht verdattert. Tatsächlich war ich geneigt, die Mail abzuschalten, hab mich aber denn doch noch gerade eben so rechtzeitig dagegen entschieden. Ich hab nicht eingesehen, mit welcher Frechheit sie hier schon wieder ihre Egoschiene abziehen will.

Sonntag versuchte Jane, beinahe den ganzen 6-Kopf-Tisch für sich in Beschlag nehmend, ihre Steuererklärung zu machen. Das dafür nötige Programm ließ sich auf ihrem etwas in die Jahre gekommenen MacBook nicht zum Laufen animieren, ein Nachbar von ihr war damit auch nicht weiter gekommen gestern. Nun war sie allerdings der Meinung, dass sie das ja auf meinem Laptop erledigen könne, einloggen auf der Leitung ihres Handys.
Stop mal, wie kommt sie denn bitte da drauf?
Abgesehen davon, dass die Voraussetzungen, wie man das ganze belegfrei und ohne Unterschrift erledigen kann, bei ihr überhaupt nicht erfüllt waren kam noch hinzu: Ich werde mir wohl kaum eine extra Software installieren, damit sie ihre Steuern auf meinem PC erledigen kann, glaubt sie ja wohl nicht ernsthaft, dass ich ihr noch den kleinsten Wunsch erfülle?
Sie ist unten durch - und damit hat sich das.

Nach dem Mittag bin ich mit Shorty Richtung Dom, in den DomDancer haben wir das auch jauchzend geschafft und es hat Spass gemacht. Überhaupt macht mit ihr eine Menge Spaß und wir bewegen uns, auch durch oder speziell wegen des Themas

Jane weiter aufeinander zu, werden von Tag zu Tag vertrauter und enger.

In Ihr blüht dazu so ein jugendlicher Leichtsinn, sie ist einfach erfrischend und hat einen ganz charmanten Knall. Ein Frühstück kann unter Umständen auch schon mal so aussehen bei ihr: Auf einer Scheibe Brot wird ein Gesicht angeornet - allerdings aus Wurst, Paprika, Marmelade, Käse, Orange und Radischen.

Zu dem Deichlkind Konzert werde ich Shorty mit nehmen, haben wir so abgemacht. Sofern wir dann noch Kontakt haben, wovon ich aber einfach mal ausgehe. Mit ihr dabei kann es nur gut werden, das passt einfach. Jane meinte mal, ich würde wohl eher auf diesen flippigen, durchgeknallten Typ stehen. Ich werde nachdenklich, hält Jane sich selbst möglicherweise für nicht begehrenswert? Ist das mit ein Grund, warum sie so handelt?

Mir kommt das eine Gespräch zurück ins Gedächtnis, wo sie mir vor Kurzem erzählte: Ihre Familie hat sie relativ frühzeitig verstoßen. Die Begründung ging auch in die Richtung ihrer unmöglichen Borderline Art und Weise. Vor einigen Jahren hat sie denn auf das zustehende Erbe vollständig verzichtet, in der Hoffnung, dass ihre Familie sie endlich lieben würde. Das trat jedoch nicht ein - und das Erbe war weg.

Ich stelle mir sehr viele Fragen, suche nach Antworten. Und mir fällt wieder die Entgiftung ein, diese Geschichte mit ihrem Ex in der Schweiz und seinen

Whatsapp Nachrichten. Da konnte sie sich noch als Unschuldslamm hin stellen, mittlerweile zeigt sie andere Züge. Was mag bloß wirklich vorgefallen sein dort, dass ihr Ex so reagiert? Er wird vermutlich nicht vollgepumpt mit Medikamenten gewesen sein um sie zu ertragen.

„Jane wird 1:1 ersetzt, zumindest bei den Aktivitäten"

Nach dem Dom gehts runter zum Hafen und wir fahren eine Tour nach Finkenwerder und zurück. Im Anschluss spazieren wir noch die Elbe hoch und durch die Hafencity schließlich via Speicherstadt zum Jungfernstieg und ab zurück zur Klinik. Am Abend denn gab es den nächsten Seitenhieb für Jane, Shorty und ich haben uns in den Konferenzraum zurück gezogen, sie hatte irgendwas zu recherchieren im Netz, wozu ich ihr das Laptop hin gestellt und über mein Handy ein Hotspot geworfen hatte. Ich weiß nicht mehr, was das war, aber Jane hat es zumindest mit bekommen. Unbewusst habe ich bereits gestern damit begonnen, all die Dinge, die ich mit Jane gemacht habe, nun mit Shorty zu machen - mit Ausnahme des körperlichen Teils natürlich. Jane wurde 1:1 ersetzt, zumindest bei den Aktivitäten. Auch hier sind es völlig triviale Dinge: Hatte ich bis Freitag einen Ablauf mit Jane, wie z.B. zwischen Mittag und Abendbrot noch einen Salat auf eigene Rechnung zu basteln und zu essen, so war das nun mit Shorty. Oder eben die ganzen Spaziergänge und sonstige Aktivitäten. Sie wuchs mir zunehmend ans Herz.

Am Montag wurde die Dosis Queltiapin weiter erhöht. Ich komme in erste Gespräche mit Alexandra. Ebenfalls Borderline Patientin und den Arm gezeichnet vom Ritzen. Sie hatte was mit Ingo am Laufen, den ich aus meiner ersten Entgiftung kenne. Ein rothaariger Kerl mit Vollbart, schmales Gesicht, gerade mal Mitte 30. Trägt meistens sehr weite Klamotten, die darüber hinweg täuschen sollen, dass darunter eine stark abgemagerte Figut steckt.

Bei Alex sieht man ein ganz anderes Bild der BPS *(= Borderline Persönlichkeits Störung)*, welche nämlich schon in Behandlung war und verschiedene Medikamente ausprobiert wurden. Aktuell ist sie auf Abilify eingestellt, ein Antidepressiva, da sie als akut Suizidgefährdet zu sehen ist. Queltiapin hat sie eine Weile bekommen, davon aber zugenommen und daher um andere Medikation gebeten.

An dieser Stelle blende ich eine Woche zurück: Durch diese Aussage hat Jane den an sich korrekten Ansatz der Queltiapin Behandlung ebenfalls, mit Umweg über ein anderes Neuroleptikum, auf Abilify umgestellt bekommen. Über den Sinn und Zweck kann man jetzt wirklich streiten.

Allerdings ist das sicherlich auch mit einem Placebo Effekt verbunden, wenn man glaubt, dass das Antidepressiva gegen Borderline hilft, denn glaubt man das. Bei Alex ist nur die Indikation eine völlig andere, die BPS ist so weit recht gut im Griff. Aber einen eher manischen Patienten noch mit Antidepressiva zu füttern? Ich weiß ja nicht so recht, aber ich bin ja auch kein Fachmann, wie mir später noch klar gesagt werden soll. Also, zurück in die aktuelle Woche.

Dienstag steht auf dem Programm. Jane versucht seit gestern, wieder an mich ran zu kommen. Spielt auch mit dem Gedanken, die Reha nicht anzutreten und sich eine andere Klinik zu suchen. Wobei sie noch keine Zusage seitens der Rentenkasse hat, der Widerspruch ist längst weg geschickt und eigentlich hätte schon was kommen müssen.

Wir sprechen mal wieder mit einander, ich sag ihr, wie ich das bei Ausbleiben einer Antwort gelöst habe: Selbst anrufen vielleicht?

„Selbsthilfegruppe hat geholfen, Dinge nicht direkt erleben zu müssen"

So lange, bis man den Zuständigen und eine Antwort hat, ganz egal, ob die Klinik dafür zuständig ist oder nicht, selbst in die Hand nehmen. Was sie denn auch endlich mal gemacht und prompt am Telefon eine Zusage bekommen hat von der DRV. Schließlich geht ihre Reha bereits in einer Woche los, da sollte so langsam Klarheit herrschen.

Beim Einzeltermin mit der Ärztin musste ich versprechen, heute die Selbsthilfegruppe der Alsterdorfer Stiftung aufzusuchen. Mir mißfallen SHGs ja so oder so, aber da Shorty dort hin wollte, schloss ich mich denn an. Sie fragte Jane noch, aber die wollte nicht. Nach wie vor haben Shorty und ich viel un-

ternommen und Jane sah sich offenbar ausgeboo-
tet, was sie auf erschreckende Weise kompensiert
hat.

Wir waren eben am Abend in dieser SHG, es war
recht mau für mich aus bekannten Gründen. Aber
es war jetzt auch nicht so schlecht, also okay.

Wir gingen zurück und setzten uns an unseren
Tisch im Tagesraum, spielten Stadt Land ohne Fluss
in einer leicht abgewandelten Form. Gegen halb
zehn Abends, die Medikamente wirkten auch bei
mir so langsam aber sicher, gingen wir in Richtung
unserer Betten. Ich sah Jane noch, wie sie zwei
Türen weiter stand und einer anderen Patientin am
Arm stand, welche ihr gerade scheinbar mitleidig
auf die Schulter klopfte. Ich bin ins Bett, habe mir
nichts weiter dabei gedacht.

Am nächsten Morgen, Quelpiatin sorgt so langsam
mal für ein normales Schlafverhalten, ich bin erst
um halb sechs wach und ziehe mich zum Tee trinken in den Tagesraum zurück. Da begegnet mir
Matthias, den ich ja ebenfalls bereits seit der Entgiftung kannte und erzählt mir so ganz lapidar nebenbei, dass Jane rotzbesoffen den ganzen Laden
auf Trab gehalten hat. Diverse Leute schwer belei-
digt hat im Suff, anderen vor versammelter Mann-
schaft sexuelle Dienste angeboten hat und draußen
in der Raucherecke immer wieder lautstark ʻ*ich will
ficken, ich brauch einen Mann'* von sich gegeben
hat. Der Baum dort wird von drei Eichhörnchen be-
wohnt, dem Shorty Namen und ein anderer Alko-
holabhängiger ständig Nüsse verpasst hat. Ich

nenne sie *'Die Alkhörnchen'*.

Schließlich ist sie im Dienstzimmer weinend zusammen gesackt und für die Nacht auf ein Isolierzimmer verlegt worden. Rückfall, übelste Sorte. Aus Liebeskummer, wegen mir. Ich hab gedacht, ich stehe im Wald. Wach war ich und Queltiapin richtet so eine Halluzination nicht an. Es war wohl die traurige Realität, die mich recht haben ließ. Leider.

Damit nicht genug, eskalierte ein weiterer Patient, nennen wir ihn einfach Josef, der Alex gegenüber. Dies bereits am Tag, wo er mehrfach Klärungsbedarf mit Ihr hatte, er sah sich mit ihr zusammen, nur weil diese mal mit einander gesprochen hatten und nebeneinander saßen abends.

Zur Nacht hin jedenfalls stand er denn unvermittelt bei ihr im Zimmer, auch dies wurde ein Fall für das Personal.

Nun sah ich Shorty aus dem Zimmer kommen, die Nacht stand ihr ins Gesicht geschrieben. Habe uns beide bei den Schwestern abgemeldet, dass wir heute nicht an der Ergotherapie teilnehmen werden. Die gestrigen Ereignisse werden wir unter uns während des Morgens aufarbeiten.

Uns wurde angeboten, dass wir damit natürlich auch zum Personal gehen können. Dankend abgelehnt, weil wir Jane ziemlich nahe stehen und dieses Thema unter uns auch ganz anders behandeln können. Im Verlauf des Vormittags wurde selbige denn schließlich zurück auf die Entgiftungsstation verlegt - und Shorty wurde noch mit zum Tragen ihrer Siebensachen mit eingespannt. Dafür war sie denn

wieder gut genug, sie, die Jane den Freund ausge-
spannt haben soll.

Sie tauchte noch einmal auf und bat Shorty und
mich um ein Gespräch, erzählte, dass sie unsere
Geschichte nun dem Arzt auf den Tisch gepackt hat.
Anders als auf der Entgiftung ist eine Paarbildung
hier übrigens kein Problem, sollte nur eben drauf
achten, nicht in fremden Betten zu schlafen.
Sie wolle nun auf jeden Fall die Rehaklinik wechseln. Ich hab sie unter vier Augen nach draußen gebeten und an die Hand genommen. Sie fragte,
warum. Wohl wissend, dass, wenn sie die Klinik im
Schwarzwald jetzt canceld, kann das ihren Tod bedeuten. Entweder mit einer finalen Dosis, mit Ritzen
(woran sie schon einmal fast hops gegangen wäre)
oder durch vorsätzlichen Suizid aufgrund der Ge-
samtsituation.
Ich wusste mir jetzt nicht mehr anders zu helfen,
als sie zu umarmen und zu küssen, ihr so gut zuzu-
reden, wie es irgendwie möglich war und ihr in Aus-
sicht zu stellen, dass wir schon unseren Weg finden
werden, wenn sich im Schwarzwald erst einmal
alles gelegt und beruhigt war.

*„Mit dieser 3/4tel Flasche Vodka war sie im Be
griff, Ihr Leben zu beenden"*

Später, als ich dieses Gespräch mit Shorty aufgearbeitet fragte ich mich selbst: Wer ich bin, dass ich
Jane so anlüge? Mir war zu dem Zeitpunkt bewusst,
dass ich Jane nicht zurück wollte, der Zug war ab-

gefahren. Zu viel war passiert, und diese dreiviertel Flasche Vodka, die sie sich gestern rein gekippt hatte, hat es spätestens endgültig besiegelt.

Ja, mit dieser 3/4tel Flasche Vodka war sie im Begriff, ihr Leben zu beenden. Jetzt ging es mir nur noch darum, dass sie sicher und heil zu ihrem Therapieplatz kommt. Dafür war es mir egal, wenn ich dieses Problem erst einmal weg lüge, mich denn unter Umständen zwei Wochen später damit erneut auseinander setzen und meine Lüge einräumen muss. Shorty meinte, ich hätte richtig gehandelt und es sei nachvollziehbar.

Jedenfalls war Jane sichtlich beruhigt, angeblich hatte sie bereits auf der Entgiftung schon wieder alles gepackt und wollte nach Hause, was der eigentliche Auslöser dieses Alarms in mir war. Ob das so war, oder sie einen Hilferuf absetzen wollte, um sich wieder in den Mittelpunkt zu schieben? Wir werden es nie erfahren.

Ich muss sagen, dass Shorty eine großartige Stütze in all diesem Chaos war. Okay, letztlich war es auch ein gegenseitiges Abstützen, wir waren ja beide betroffen. Allerdings hat sie sich deutlich mehr anhören müssen als ich mir von ihr.

Visite stand noch an, der Arzt fragte denn, wie die Stimmung auf der Station sei. Ich hab ihn gefragt, ob er das ernst meint. Zum einen im Bezug auf Jane, Thematik setzte ich mal als bekannt voraus, dann der andere Knaller, der bei Alex nachts im Zimmer stand. Und irgendwas drittes war noch vorgefallen, ich erinnerte es aber nicht mehr.

Die Frage kam denn, wie ich damit umgehe und so weiter. Anschließend wurde der Fragebogen, den ich direkt zum Anfang ausgefüllt hatte, mit dem Ergebnis vom darauf folgenden Interview *(SKID II Methode)* erörtert. Man kam zu dem Schluss, dass ich Borderline habe. Ich wusste nicht so recht, was ich mit der Aussage anfangen sollte, war etwas verdattert. Ich? Borderline? Also irgendwas läuft hier gerade schief, auch davon genährt, dass er eine gute Nachricht für mich hatte: Ich sei zufällig schon auf das richtige Medikament eingestellt worden. Achso, ich dachte bislang, man stellt erst die Diagnose und kommt dann mit Medikamenten oder sonstigen therapeutischen Maßnahmen daher. Musste mich bislang zu dieser Vorgehensweise geirrt haben.

Skeptisch drein guckend, fragte der Oberarzt, wo das Problem sei. Ich verwies noch einmal auf den schon länger im Raum stehenden Verdacht auf Bipolare Störung. Er grätzte mich an, warum ich denn unbedingt das haben wolle. Es sei doch wesentlich schwerer zu behandeln schließlich. Ich entgegnete, dass es mir nicht darum ginge, was das nun genau ist, sondern lediglich darum, dass die Diagnose korrekt ist. Mit einem harschen *'Das müssen Sie schon uns überlassen, die Fachleiute sind schließlich wir'* war diese Farce von einer Visite denn zum Glück auch vorbei.

Mich verstörte einfach dei Tatsache, dass man vorab mit Medikamenten in das Gehirn eingegriffen hat, die nicht so ganz ohne sind, ohne überhaupt zu wissen, was man behandelt. Dazu einen Fragebogen mit anschließendem Interview von nicht ganz 30min und schon war so eine Diagnose gestellt? Das konnte mir nur komisch vorkommen.

Der Nachmittag verlief dann verhältnismäßig ruhig, einige Neuzugänge gab es, unter anderem Caroline. Sie, Alex und dieser Ingo waren alle so um die Anfang 30. Caro schien eine ganz ruhige Vertreterin ihrer Art zu sein; Ist auch mehr so am Rande wie eine Momentaufnahme aufgetaucht. Unser Tisch wird auch recht anstrengend daher gekommen sein, da ein Thema diesen klar dominierte. Zum anderen kannte man sich eben schon wochenlang, insbesondere Shorty und ich, und hatten daher einen ganz anderen Umgang mit einander.

Es fiel mir nicht schwer, zur Tagesordnung zurück zu kehren. Jane hatte ich abgeschrieben, wollte aber dennoch das Beste für sie, und das ist die rettende Reha. Wie das vor Ort denn wird, welchen Umgang man miteinander findet, das war zu diesem Zeitpunkt noch weit entfernt für mich.

Am Donnerstag durfte sie bereits das erste Mal in Begleitung raus, war ja mit 0,0 Promille in der Entgiftung angekommen und bekam keine Medikamente für den Entzug. Sie wollte noch einmal sicher gehen, dass ich all das nicht nur gesagt habe, damit sie in die Klinik geht. Ich habe ihr ein weiteres Mal gut zugeredet und sie plante schon, dass wir diesen Samstag denn die Nacht bei Ihr verbringen würden. Ich erzählte von meinem Gedanken, den ich meiner Ärztin unterbreitet habe, dass ich am Montag zu ihr komme und hoffe, die Nacht dort bleiben zu dürfen um tschüss sagen zu können.

In Wahrheit steckte da was ganz anderes hinter: Ich wollte lediglich sicher gehen, dass sie bei meiner Ankunft nüchtern ist und auch bleibt, bis sie in ihrem Auto auf dem Weg zur Klinik ist. Sie war aber rein davon schon völlig am strahlen und kaufte mir alles Weitere somit ab.

Am Nachmittag kam die Ärztin auf mich zu und teilte mit, dass mir diese Freigabe wegen Bedenken nicht gegeben werden kann. Im Bezug auf meine eigene Rückfallmöglichkeit. Okay, habe ich verstanden, ich würde genau so handeln, egal was mir der Patient erzählt.

Jane nahm das recht locker auf, wollte aber von mir hören, dass wir zusammen sind, was ich ihr denn auch so zu verstehen gab. Ich befriedigte Ihr Bedürfnis, was sie so eingefordert hat. Ich musste es tun und hatte dabei nicht mal ein schlechtes Gewissen - wohl wissend, dass ich das nicht ernst meinte, sondern sie in diesem Glauben lassen musste.

Am Freitag nun ging der ganze Zirkus von vorne los. Als wäre nie etwas gewesen, steht sie vor der Station 7/8, also meiner 'Heimat' und fordert ein, dass am Wochenende sie ja das, das, das und das machen wolle, wir uns anschliessen sollen und pi pa po. Am Samstag war an sich irgendwas mit Alex und Shorty geplant, Jane wollte nun, dass wir alle uns in ihr Auto zwängen und bei dem super Wetter zu Ihrer Mutter in die Psychiatrie zum Kaffee trinken fahren.

Hä? Also, klick. Wie, als hätte man einen Schalter umgelegt, genau das passiert, was immer passiert: Sie. Und nur sie, alle anderen dürfen sich anschließen oder werden weg geworfen. Himmel noch eins, ich habe sie denn vor der Tür stehen lassen und bin rein. Die Stationsleiterin bekam das wohl irgendwie mit und hat Jane dezent verwiesen, kein Zutritt mehr zur Station und dem Gelände - zum Schutz der anderen Patienten.

Sie eskaliert, schickt wiederholt andere Patienten rein in die Psychiatrie um nach mir zu suchen lassen, sie müsse mich unbedingt sprechen.

Vor dem Eingang der Ergo wartet sie, geladen bis zum geht nicht mehr, fängt wieder die bekannte Leier an. Sie akzeptiere nicht, dass ich nun Regeln aufstelle und diese Blockierung bei den Online Diensten habe ich sofort raus zu nehmen, so etwas müsse abgesprochen sein und sie habe ein Wörtchen mitzureden bei solchen Entscheidungen.

Moment mal. Zum einen ist das nicht der Fall, dass irgendwer bei meinen Entscheidungen, wen ich wo und wie lange sperre, ein Mitspracherecht hat. Das wäre ja auch noch schöner. Zum anderen war sie bei einem Teil der Blockaden bereits gelöst und für morgen sollte der Rest auch wieder zurück gesetzte werden.

Also alles doch wieder umsonst, dieser Mensch merkt gar nichts mehr. Sie würde jetzt rüber gehen und packen, nach Hause fahren. Sie dreht sich um und geht. Ich stehe noch eine Weile auf dem gleichen Fleck und sehe ihr hinterher. Irgendwann zucke ich mit den Schultern und gehe rein. Abends versuche ich sie zu erreichen, im zweiten Anlauf gelingt es. Sie wiederholt, dass sie nun gehen wird. Ich frag denn nur, warum sie noch nicht weg ist. Das passiere gleich.

Ich sag nur noch 'na denn, bye' und da hat sie denn aufgelegt. Es war scheinbar nicht richtig, nach der ersten Androhung des sich selbst Entlassens ihr den kleinen Finger zu reichen und so lange in Watte zu packen, bis sie ihren Plan verworfen hat.

Dieses Mal konnte ich nicht mehr mit gehen, es ist Ihr Leben, nicht meins. Ich gehe: Spazieren, suche an den infrage kommenden Parkplätze nach ihrem Auto. Fündig werde ich direkt vor der Entgiftungsklinik, dort, wo nur Kurzparken erlaubt ist.

Deutet auf einen baldigen Abflug hin. Shorty schaut selbst gegen halb zehn abends noch einmal nach - ihr Auto ist weg. Kurz nach neun hat mein Telefon noch einen Anruf ohne Nummer abgefangen, die werden nicht durch gestellt. Es kann sich hierbei nur um Jane gehandelt haben. Ein Check ergab, dass ich in den letzten 12 Monaten keinen Anruf mit unbekannter Nummer bekam. Also warum sollte das ausgerechnet kurz bevor Sie verschwindet passieren? Ein letzter Versuch, dass ich doch noch wieder einlenke? Zum wie vielten Mal nun? Es geht einfach nicht mehr.

Ich war heute mit Alex eine sehr lange Runde spazieren, unter anderem im Stadtpark. Da ich ihren Ingo ja auch kenne, es dort ziemlich Knartsch gibt, brauchte sie mal jemanden zum sprechen. Ich habe an sich nur zugehört und hier und da den einen oder anderen Tip gegeben. Sie meinte denn irgendwann einmal zwischendurch so etwas wie *'Du sollst Borderline haben? Nie und nimmer, das passt ja überhaupt nicht,'* - Ja, das ist mir klar, und danke. Sag das mal den Ärzten!

Immerhin konnte ich ihren Antrieb, die Klinik vorzeitig zu verlassen und nach Berlin zu gehen, ein wenig bremsen und um zwei Tage verzögern. Auch das tut tatsächlich gut - wie Shorty aber richtig einwendet: Es tut gut, weil man damit die anderen, eigenen, Themen überlagert und sich davon ablenkt. Das stimmt schon, ja.

Auch eine Caro setzt sich nun teilweise mit zu uns, auch wenn wir wohl der anstrengste Tisch sein dürften, sie bekommt so eine Menge rund um unser Kernthema mit.

Am Samstag denn hat Alex diverse Mails von Jane über Nacht bekommen, offenbar hat sie sich noch in der Nacht um einen Platz in der Notaufnahme der UKE Psychiatrie gekümmert und erzählt, dass sie dort bereits am Folgetag aufgenommen werden könne. Wohl wissend, dass dieser Mailverlauf von Alex an mich weiter kommuniziert wird.

Ich lasse das so weit aber unkommentiert und bin nachher mit Shorty unterwegs, wir nehmen uns die Parks wie den botanischen Garten z.B. vor heute.

Es ist eine sehr schöne Auszeit, auch wenn natürlich das Thema Jane immer wieder hoch kommt. Aber wer steckt so etwas schon so einfach weg. Am Morgen hat Shorty nochmals nach Janes Auto gesehen, falls sie es doch nur einfach umgeparkt hat, aber es war nicht mehr da.

„Schlachtete Jane bewusst die Geschichte mit dem UKE aus?"

Nachmittags wieder in der Klinik, ist nun auch Alex nicht mehr da. Sie hat sich, wie angekündigt, selbst entlassen und ist aufgebrochen zu einem Mitpatienten aus Berlin, den ich noch ganz zu Anfang mit bekommen habe. Telefonnummern hatten wir noch getauscht, ich wünsche Ihr jedenfalls das Allerbeste und gutes Gelingen.

So wird es nun zunehmend weniger an unserem Tisch, Shorty und ich kapseln uns wohlgemerkt auch ab. Wir sind mehr und mehr für uns alleine, Caro zwar auch manchmal noch, aber eher beiläufig. Sie hat eben nicht so viel mit dem Thema zu tun und das muss ja auch nicht sein.

Das Wochenende vergeht so mehr vor sich hin. Keine Ruhe lässt es mir allerdings, das ich nicht weiß, was aus Jane geworden ist. Nahezu unerträglich wird es mit der Zeit - ich will sie aber nicht anrufen, um ihr nicht fälschlicher Weise Interesse an ihr selbst zu bekunden. Ich möchte für mich nur wissen, ob es ihr gut geht.

Sonntag Abend halte ich es nicht mehr aus. Ich rufe das UKE an: Dort ist sie *nicht* gelandet. Jetzt wird mir ganz anders, befürchte Schlimmeres. Ich sehe nach, welche allgemeinen Krankenhäuser in ihrer Nähe sind und telefoniere diese ab. Fehlanzeige, keine Jane.

Schlimm ist für mich, zu wissen, dass es Jane nicht mal nahe gehen würde, wenn sie davon erführe, dass man sich so um sie sorgt. Ihr würde vermutlich eher sowas einfallen wie, 'hättest du von vorne herein so und so, dann hätte ich nicht gehen müssen', also die Verantwortung für ihr Handeln einfach wieder von sich weg projizieren.

Und mich überkommt eine abartige Vorstellung: Schlachtete sie bewusst die Geschichte mit dem UKE aus, die ich ihr im Zusammenhang mit Sascha bei der Entgiftung erzählt habe? Das war für mich fast unvorstellbar.

In der Woche sind wir um eine bemerkenswerte Patientin mit sehr ausgeprägten Wahnvorstellungen ergänzt worden. Nennen wir sie der Einfachheit halber Mrs. Aluhut.

Am ersten Tag hat sie nicht mal so recht verstanden, wo sie überhaupt ist, verschmitzt setzte sie sich in meine Nähe und erzählte, dass es ihr gerade völlig den Boden unter den Füßen weg reiße.

Ich weiß nicht, wieso sie mich dazu auswählte, es saßen diverse andere Patienten in dem Tagesraum. Irgendwie setzt sich mein Hobbytherapeut-Sein fort, allerdings hat dies hier eine ganz klare Grenze gefunden: Ein selbst mitgebrachtes Gerät zum aufspüren von Radioaktivität steht auf ihrem Nachtschrank, das Bett wurde ausgependelt und es ginge negative Energie von diesem aus.

Ferner konnte Sie den zweiten Tag beim Aufwachen nicht aufstehen und außer Händen und Füssen vor Starre nichts mehr bewegen. Auch noch eine recht junge Frau, irgendwo in den unteren 30ern.

Der festen Überzeugung, dass man hinter ihr her sei und sie töten wolle. Ihre Zimmernachbarin, unsere 18 jährige, wurde das etwas zu viel.

Bemerkenswert ist bei Mrs. Aluhut vor allem, dass sie sich zu jedem Zeitpunkt darüber bewusst war, dass alles Schwachsinn ist und sie diesen dennoch für bare Münze hielt und sich proaktiv für das, was noch kommen würde, entschuldigt hat.

So auch bei ihrer Zimmernachbarin, der sie sagte, sie verstünde, wenn sie lieber nicht mit ihr auf einem Zimmer wäre. Diese bat darauf hin um ein separates Zimmer, was ihr vom Personal auch kurzerhand denn zugewiesen wurde.

Resignationen

Es ist gelaufen, keine Möglichkeit heraus zu finden, was passiert ist. Shorty und ich sind mit unserem Latein am Ende. Die Idee, ihren Nachbarn und letzte noch erhaltene Freundschaft - einen Martin - zu kontakten wird auch nichts, Nachname unbekannt. Es fühlte sich nicht gut an. Was hätten wir anders machen können? Hätten wir sie regelrecht am Dienstag in die Selbsthilfegruppe nötigen sollen? Dann wäre der Rückfall aber auch nur verschoben worden. Und Selbstvorwürfe sind irgendwie auch fehl am Platze, glaube, es ist getan worden was ging, und noch einiges mehr. Eine neue Woche stand bevor, eine, in die wir eventuell mal starten können ohne ewigen Stress. Am Montag die Ergo, ich zeichne an einem Bild in Bleistift herum. Das Motiv ist eine Insel mit einer Holzhütte und ein paar Bäumen. Das Wasser ist überwiegend ruhig und die Insel sehr felsig. Im Hintergrund deutet sich das Festland an, leicht vernebelt nur schemenhaft zu erkennen. Dieses Bild hängt im Konferenzraum als Foto - und mich störten von Anfang an einige Elemente an diesem Bild, also habe ich es abfotografiert und zunächst auf DIN A4 per Hand übertragen, um dann zu sehen, welche Fehler mir z.B. in der Perspektive unterlaufen. Jetzt ist das Bild bereits eine Stufe weiter - die vorab Version ist fertig und die finale zeichne ich gerade auf Aquarell Papier. Da ich keine Verwendung dafür habe, werde ich es später verschenken. Heute nun muss ich ein wenig was schaffen, da Dienstag und Mittwoch die Ergo immer von Gruppentherapien bei mir durchkreuzt wird und sich ein intensives mit dem Bild beschäftigen schlichtweg nicht lohnt. Wie so oft gesellt sich Shorty zu mir in den Raum mit dem Runden Tisch. Auch hier reden wir viel, meist sehr vertrauliche Dinge. Und, ja, auch hier hat sie mir vor einiger Zeit gesagt, was Jane ihr gegenüber für private Dinge über mich erwähnt hat, die ich Jane im Vertrauen sagte. Ist in diesem Zusammenhang jetzt nicht weiter schlimm, da es bei Shorty gut aufgehoben ist und ich ihr das genau so auch guten Gewissens erzählen würde. Mir graust es aber bei dem Gedanken, welche Informationen noch bei sonst wem gelandet sein könnten. Ich sollte nicht enttäuscht werden, was diese Vermutung anging.

Nach der Ergo schaute ich in die Telefonverwaltung vom Handy und siehe da, drei geblockte Anrufer wurden abgewiesen, aber registriert.

„Kontaktversuche auf allen Kanälen bis zur absoluten Stille"

Da Shorty, die doofe Nuss, sich an dem Wochenende, wo wir auf dem Dom waren, verplappert hat im Bezug auf die Blockierung „Das sieht er ja trotzdem" wusste Jane, dass ich die drei Anrufversuche sehr wohl sehe und dass sie damit etwas sagen will: Der Blockierte hört einen anderen Ton als das Frei- oder Besetztzeichen. Also wusste sie, dass sie blockiert ist nach wie vor - und konnte sich auch denken, dass ich nicht eine halbe Stunde später diese Blockierung raus nehmen würde.

Kurze Zeit später kam eine Email, ich hatte tatsächlich vergessen, sie dort auch zu blockieren. Die Mail
hatte in etwa den Inhalt, dass sie den Weg zu der
Klinik im Schwarzwald antreten wird. Nicht wegen
mir, sondern weil sie ihr Leben retten will und muss.
Für sie geht die Therapie vor allem anderen und
sonst nichts. Wenn wir beide in dieser Zeit wieder
zueinander finden sollten, denn würde sie sich
freuen, ansonsten wünscht sie sich einen vernünf-
tigen Umgang miteinander.

Ich lasse das jetzt einfach mal völlig unkommentiert
so im Raum stehen.

Keine zwei Stunden später folgte die zweite eMail:
Sie sei wahnsinnig in mich verknallt, will nicht mehr
ohne mich, sieht für uns beide eine super Zukunft
und es lag alles an der Umgebung der Psychiatrie,
ich würde eine andere Jane vorfinden, wenn ich
dazu komme, sie will für mich der Mensch sein, den
ich will und liebt mich über alles und braucht mich.
Stop.

Stand da eben nicht noch was von Therapie geht
vor und wenn aus uns wieder ... usw. ?

Also, auch wieder alles Schall und Rauch. Um weiteren eMails vorzubeugen, diese beiden habe ich
ohne sie zu beantworten gelöscht, habe ich sie über
den Provider gesperrt.

Mit Shorty wird dies Thema - obwohl wir es beide
leid sind, auch mal wieder aufgearbeitet.

Caro bekommt so ziemlich alles mit, und Ihre Story
wurde mir zwischenzeitlich auch bekannt: Ebenfalls
Suizid gefährdet jedenfalls und wohl nach eigener

Aussage noch die Notbremse gezogen als sie erkannte, dass sie zu Hause vor sich selbst nicht mehr sicher ist. Somit ist sie nun hier.

Ich habe es relativ schwer, mich da gedanklich drauf einzulassen, obwohl ich sie mag. Zu voll ist der Kopf, zu wenig hört dieser endlose Film sich auf zu drehen. Zu stark ist diese Sogwirkung, die bei der Explosion von Jane alles ins Zentrum gerissen hat und dort aufeinander prallen lies.

In der Nacht zu Dienstag hat sie erneut geschrieben. Zwar wurde die Mail nicht direkt zugestellt, allerdings hat der Provider sie auch nicht gelöscht, sondern in den Ordner der gelöschten Mails verschoben, welcher nach ein paar Tagen automatisch entleert wird.

Ich habe nur den Betreff gelesen und den ersten Halbsatz, den die Mail in der Vorschau zeigte „Bitte verzeih mir. Ich ..:" - gelöscht. Von dem Tag an sollte ich von Jane nichts mehr direkt hören. Direkt.

Am Nachmittag bereits schrieb Alex, dass sie in Berlin so langsam ankommt und Nachricht von Jane hat, welche für mich gedacht war. Wie sie damit nun verfahren solle. Ich hatte sie in den letzten Tagen gebeten, dass ich nicht über irgendwelche Mails von Ihr informiert werden möchte.

Ich wollte einfach meine Ruhe haben. Alex hat es verstanden und so blieb mir der Inhalt dieser Mail unbekannt.

Bereits am Sonntag hat Shorty wieder ein erreichbares Handy. An sich hatte sie sich schon dran gewöhnt, nicht erreichen zu können oder erreichbar zu sein. Auf irgendwelchen Wegen hat Jane nun davon erfahren, weshalb sie Dienstag einen Mitpatienten in die Spur schickte um Shorty Ihre Nummer zukommen zu lassen, welche dankend abgelehnt hat.

Besagter Mitpatient ist übrigens jener, der sie nach dem Rückfall zu uns begleitet hat. Er selbst ist eine Station über uns mittlerweile, Station 10. Dieser sucht immer mal wieder Kontakt zu Shorty, sie laufen sich morgens ab und zu in der Ergo über den Weg. Er vermeidet aber, Jane zu erwähnen, wenn ich in der Nähe bin.

Nachdem auch dieser Kontaktversuch fehlgeschlagen war, Jane aber nachweislich in der Klinik im Schwarzwald angekommen war, gab es einen erneuten Input seitens des besagten Patienten von Station 10: Diesmal ließ Jane mitteilen, es war Mittwoch, dass sie wohl nicht so recht ankäme in der Klinik.

Was jetzt aber auch nicht weiter verwunderlich ist, so etwas dauert seine Zeit. Allerdings ließ sie auch durch blicken, dass sie überlegt, die Klinik abzubrechen. Weil ich ja auch in nicht ganz einer Woche ebenfalls dort meine Behandlung aufnehmen werde.

Ich weiß nicht so recht, wie das zu werten ist. Sie kann sich denken, dass die Mail über Shorty bei mir landet. Also was erwartet sie? Dass ich mich nun melde und sie beeier, dass alles gut wird? Keine Chance. Mein Support ist spätestens mit ihrem Eintreffen in der Fachklinik beendet, ab jetzt sind Profis zuständig - und ich selbst sollte auch mal langsam an meine Abhängigkeit und den Weg heraus aus dieser denken.

Es folgten immer mal wieder Kontakte von diesem Patienten Richtung Shorty, ob sie Jane nicht mal grüßen wolle, was diese jedoch nicht wollte. Wie sie selbst einmal sagte vor kurzem, Menschen wie Jane haben in ihrem Leben nichts zu suchen.

Überhaupt nehme ich Shorty seit einiger Zeit völlig anders wahr, als noch während der Entgiftung. Diese kleine, zusammen gekauerte Maus, die vor lauter Scham fast im Boden versunken wäre, hat sich zu einem Menschen gewandelt, der selbstbewusst und zielsicher mit dem ganzen Thema und seiner Umwelt umgeht. Dazu eine Aufmerksamkeit an den Tag legt, was gesprochenes oder Wahrnehmungen angeht.

Manchmal bin ich wirklich überrascht. Das ist wieder so ein passendes Beispiel dafür, wie die Menschen im Zuge des Rest-Suffs, der Entgiftung auf Medikamenten und anschließend einige Zeit medikamentenfrei sind, wie sich die Sinne wieder verändern. Ah, so war das das Nüchternsein.

Nach der letzten Mitteilung über diesen Kontakt von Jane kam denn auch nichts weiter aus irgendwelchen Richtungen, also ist hier nun wirklich Ruhe eingekehrt, auch wenn diese letzten Ausläufer jetzt nichts mehr großartig durcheinander gewirbelt haben - es war einfach nur noch nervig.

So vergehen die letzten Tage recht schnell, Shorty und ich unternehmen noch diverses, auf einer unserer Spaziergänge fällt mir jemand bei der Entgiftungsstation auf: Hr. von Bödefeldt ist wieder da, offenbar ist der vermutete Rückfall denn eingetreten und er macht seinen nächsten Anlauf. Wünsche ihm gedanklich alles Gute, schüttel aber innerlich nur noch den Kopf.

Wir liefen u.a. zu Fuß zum Jungfernstieg, immer die Alster entlang, sehen dabei seltene Bilder wie ein brütendes Haubentaucherpärchen beim Nestbau in direkter Uferlage. Apropos Bilder: Das besagte Bild aus der Ergotherapie ist Donnerstag früh fertig geworden, ich habe es ihr geschenkt mit einer kleinen persönlichen Widmung.

„Die Sehnsucht nach körperlicher Nähe steigt bei einigen ständig"

Einmal flitzen wir noch über den Dom auf der Suche nach so einer langen süßen Gummistange, die ich irgendwo für 1,50 € gesehen habe, und mich seitdem beharrlich weigere, 2 € dafür auszugeben *(gefunden haben wir sie tatsächlich)*. Die Alster in die andere Richtung hoch bis nach Poppenbüttel zum Alster Einkaufszentrum sind wir auch noch hoch gewandert. An sich endlich eine ruhige Zeit mit überwiegend gutem Wetter.

Irgendwie kamen wir an einem Abend denn auf das Thema, dass man kuschelbedürftig ist. Also, mehrere Leute, da waren neben Shorty und mir denn auch Caro und unsere jüngste Mitpatientin mit ihren gerade mal 18 Jahren im Thema mit drin.

Diese meinte denn passend, dass das an sich nicht

ungewöhnlich ist, wenn man hier tage und wochen-lang aufeinander rum hockt und einfach keine Nähe und Zärtlichkeiten erfährt.

Nun, es ging ja aber auch schlichtweg nicht, einen Rausschmiss wollte keiner riskieren. Aber wer kann einem schon körperliche Sehnsucht übel nehmen auf der anderen Seite. Es ist ein nur zu menschli-ches Bedürfnis.

Kurz darauf, an dem letzten Freitag für mich in der Psychiatrie, entstand eine leichte körperliche Anzie-hung zwischen Caro und mir. Dies mündete darin, dass wir es uns denn auf einer Couch-ähnlichen Sitzgelegenheiten vor dem Fernseher gemütlich miteinander machten. Dies sehr zum Erstaunen von unserer Jüngsten, die denn wohl zu Shorty noch sagte „*Was geht denn bei den beiden ab?*"

Natürlich vor dem Hintergrund, dass Jane gerade Geschichte war und immer noch das Gerücht mehr oder weniger im Raum stand, dass Shorty und ich etwas miteinander haben oder hatten. Ich glaube, in dem Moment, wo Caro mir ihren Po entgegen streckte, wäre ich am liebsten komplett über sie hergefallen.

Einen Tag später, wir saßen beim essen, machten Caro und ich per Handy eine Verabredung zum Sex am Nachmittag bzw. frühen Abend bei Ihr zu Hause aus. An sich war spätestens seit dem Vorabend klar, dass wir beide Bock aufeinander haben, rein kör-perlich.

Bedürfnisbefriedigung, oder wie war das noch gleich? So landeten wir am Nachmittag bei ihr im Bett. Immerhin war sie vernünftig genug, und hat auf Schutz bestanden, ich wäre ja glatt wieder ohne Sattel los geritten. Intensiv und zärtlich, wir beide hatten unseren Spaß und es gab nichts zu bereuen, die Grenzen waren abgesteckt.

Ich fragte mich an dem Abend zum Thema Bedürfnisbefriedigung, ob es bei mir Jane gegenüber eigentlich auch nur darum ging? Ehrlicherweise musste ich dies verneinen, allerdings waren zu diesem Zeitpunkt keinerlei Gefühle mehr für sie vorhanden. Erstaunlich, mit welch einer gigantischen Wucht diese kommen können um dann im nuklearen Höllenfeuer einer Supernovae zerstört zu werden. Und Erschreckend zugleich.

Der Sonntag verging, morgen steht die Entlassung und die Fahrt über Nacht in den Schwarzwald an. Mir schwirren Gedanken im Kopf herum, was Jane wohl in dieser einen Woche dort schon erzählt und breit getreten haben wird, gestreut hat.

Nachdem sie nun schon dem einen offenbar innerhalb von nicht mal 48std Entgiftung (zwischen Verlegung und Selbst-Entlassung) ihre Handynummer gegeben und ganz offensichtlich auch deutlich als sehr persönlich zu betrachtende Details von uns offen gelegt haben muss. So fragte ich mich, zu was sie noch fähig ist, wenn sie eine Woche Zeit hat. Auch hier spreche ich viel mit Shorty drüber.

Ja, ich mag sie sehr und es geht eine Spur über Freundschaft hinaus - und irgendwie fühlt es sich komisch an zu wissen, dass ich sie morgen zum letzten Mal für eine längere Zeit sehen werde. Ich bin darüber tatsächlich traurig, das Erlebte verbindet und auf eine sehr spezielle Art und Weise.

Versuchungen

Der Montag ist da und ich nehme an dem letzten Meeting teil. Meine Ärztin ist auch eingefallen, das wir noch gar kein Entlassungsgespräch hatten, warum wundert mich das bloss nicht?
Zimmer wird aufgeklart und abgegeben, Medikamente für die nächsten 24 Stunden bekomme ich auch mit. In der Tat ist das mittlerweile eine ganze Latte an Medis, die ich jeden Tag wegen Psyche, Knie und Hexenschuss nehme - bis zu 15 Tabletten täglich. Die hauen eigentlich jeden Menschen um, mich mittlerweile allerdings nur noch minimal.
Stört mich gerade nicht wirklich, und wie es ohne ist, möchte ich nicht ausprobieren aktuell.

Mit Caro verabrede ich mich ein weiteres Mal zum Sex bei ihr, sozusagen Abschiedssex. Es macht Spass mit ihr, nackte Haut spüren ist einfach schön und das Küssen passt auch zueinander.
Es bleibt bei einer emotionslosen, rein körperlichen Sache. Etwas später wieder in der Klinik, heißt es Abschied nehmen von vielen Anderen. Einige interessieren mich wenig, aber es gibt viele Umarmungen - hab ich so gar nicht mit gerechnet.
Es ist vorbei, die Zeit in der Psychiatrie mit all ihren emotionalen Ausschlägen nach oben und unten, mit vielen interessanten Menschen, mit vielen Facetten der Menschlichen Psyche und allem, was so schief laufen kann.

Shorty begleitet mich zum Hauptbahnhof, setzt

mich sozusagen in den Zug. Ich spielte mit dem Gedanken, sie drauf anzusprechen, was mit uns passiert ist. Ich fühle mich wie gesagt stark zu ihr hin gezogen und bei ihr ist es ähnlich, so habe ich zumindest den Eindruck. Was das aber genau ist, kann ich nicht mal sagen.

Und ich bringe es auch nicht, diese Frage zu stellen. Möchte lieber die letzten Minuten mit Ihr noch ohne solche Fragestellungen verbringen.

Der Zug kommt, wir geben uns einen Kuss auf die Wange und los geht die Reise. Am Morgen hat sie mir noch eine lieb beschriebene Serviette auf den Tisch zum Frühstück gelegt, diese habe ich dabei und sie hat es bis in die Klinik hier im Schwarzwald geschafft, hängt als täglicher Morgengruß nun an meiner persönlichen Pinnwand für besonders wichtige Dinge.

Die Fahrt vergeht, sitze in einem Einzelabteil und habe die 3er Sitzreihe für mich, kann mich darauf hinlegen. Die ganze Nacht wird der Ritt dauern, durch die Medikation bekomme ich nicht so viel davon mit, gibt in der Dunkelheit sowieso nichts zu sehen. Die Verbindung gelingt unerwartet pünktlich, so dass ich mit dem Shuttle Bus bereits kurz nach halb neun in der Klinik bin.

Die üblichen Ankunftsrituale, eine Begehung und die Zuweisung der Wohngruppe und des Zimmers, die ersten Whatsapp Nachrichten werden verschickt, der Empfang ist wohlgemerkt überhaupt nicht gut. Aber, es könnte schlimmer kommen, wenigstens ist auf dem Zimmer überhaupt Empfang, andere Mitbewohner sitzen da noch ungünstiger und gucken in die Röhre.

Mir fehlt Shorty ziemlich.

Zum Mittag rennt mir denn Jane über den Weg bzw sie kommt zu mir und benimmt sich auf den ersten Blick ganz normal, lächelt und erkundigt sich, wie die Anreise war.

„In gewohnter Manier ezählte sie von sich wie ein Wasserfall.“

Ich sage lediglich 'schön, dich zu sehen' und drücke sie kurz. Jetzt heißt es erst einmal ankommen. Mir kommt sie Nachmittags entgegen auf dem Gelände, ich frage, ob wir uns kurz setzen wollen zum quatschen.

Sie kommt vom Sport und will duschen. Später laufen wir uns im Foyer über den weg, ich setze mich zu ihr und frage, wann sie denn mal Zeit hat um nur kurz den Umgang hier miteinander zu eruieren.

Sie kommt direkt mit dem Satz heraus, sie hätte hier natürlich niemandem von uns erzählt. Also hat sie. Danach kam denn, dass wir nach dem Abendbrot mal sprechen können.

Sonst wurde hier erst einmal nicht wirklich miteinander gesprochen, in gewohnter Manier erzählte sie von sich wie ein Wasserfall, ich habe da nicht bei zugehört.

Mir geht es auch nur darum, hier eine ruhige Zeit mit klarem Therapieziel durch zu ziehen, ohne Spannungsspitzen oder theatralischen Dramen ihrerseits. Wer nicht zu dem Gespräch kam, war Jane. Da wir aber auch keinen konkreten Ort verabredet hatten, fand ich das auch nicht weiter wild, allerdings hätte man sich ja so oder so mal blicken lassen können, draußen oder in den üblichen Ecken und Räumen. Wenn man will.

Am nächsten Tag begegnet sie mir bei der Medikamentenausgabe und ich frage, ob wir heute Abend mal sprechen können. Ja, geht klar. Nach dem Abendbrot denn also. Gleiches Spielchen Abends, kein Bild, kein Ton.

Am nächsten Morgen kommt sie zu mir, und fragt vorwurfsvoll, warum ich unsere Verabredung nicht eingehalten habe. Ich hätte sie ja anrufen können, sie sei ja so krank und musste deswegen auf dem Zimmer bleiben. Mit dem Verweis darauf, dass ich ihre Nummer nicht mehr habe kommt nur ein patziges 'Ah, das kann ich ja nicht wissen' und sie ging. Seitdem ist absolute Funkstille. Mein Wunsch ist, dass es auch so bleibt. Ich würdige sie keines Blickes mehr und die Akkustik ist auch verstummt, sie ist Luft für mich.

Über Ostern erfahre ich die unglaublichsten Dinge aus ihrer Wohngruppe über sie hier im Schwarzwald. Drei von ihren Mitbewohnerinnen sitzen bei mir am Tisch. Es eskaliert das Bild von ihr weiter, und was wir in den Wochen mit ihr erlebt haben, war wohl der ganz normale Wahnsinn, der sich hier fort zeichnet. Treibgut ihrer unbehandelten Krankheit, Sklave des Augenblickes und aus Rache zerstörerisch gegenüber dem einst idealisierten Objekt, weil ihre Bedürfnisse frustriert wurden.

Mir fehlt Shorty jeden Tag mehr und mehr, ihr geht es genau so. Ich halte nebenbei noch Kontakte zu Alex und Caro, aber bei weitem nicht so intensiv wie zu Shorty natürlich. Wir beide wissen nicht, was das zwischen uns ist - aber es ist speziell, irgendwie hat es etwas ganz besonderes.

Ich frage mich, ob möglicherweise wirklich das eingetreten ist, was sie schon anfangs sagte: Die ständigen Unterstellungen von Jane können dazu führen, dass genau das entsteht, was sie sehen wollte in ihrem Wahn. Ich weiß es nicht. Die nächsten Wochen und Monate werden zeigen, was passiert.

Mein Herz ist jedenfalls offenbar noch intakt.

Fortsetzungen

Einige Monate sind nun seitdem vergangen. Teilweise lässt sich nachzeichnen, was aus den genannten Personen geworden ist:

Caroline   Verblieb von uns allen am längsten in der Psychiatrie, wieder berufstätig, keinen Kontakt mehr.

Alexandra   Nach Berlin gezogen, scheint glück lich zu sein und orientiert sich dort komplett neu.

Ingo   Zurück in sein Leben, begleitet eine gute Freundin in ihrem Sterbeprozess. Alkohol und Drogen haben ihn wieder.

Josef   Aus der Psychiaterie raus geflogen nach weiteren schrägen Aktionen. In der Nähe einer großen psychiatri schen Klinik im Norden Hamburgs gesehen, stark zu gedröhnt.

Shorty   Bei meinem Besuch in Hamburg ge troffen, lebt in sehr angespanntem Umfeld, aber offenbar ohne Rückfall bislang. Kontakt abgebrochen.

Jane   Immer noch in ihrer Reha im Schwarzwald, offenbar auch ohne Rückfall und wirkt zufrieden, kommt voran.

Ich   Rückfallsfrei im Schwarzwald, komme voran. In wenigen Wochen zurück nach Hamburg

LEIF KOSTMAS

Suff von A wie abhängig bis Z wie zugedröhnt
Sachbuch, 156 Seiten

In diesem Buch betrachten wir gemeinsam den gesellschaftlichen Aspekt des Alkohols und die regionalen bzw. kontinentalen Unterschiede. Die Entstehung des Konsums sowie der Integration in unser Leben als festen Bestandteil, angereichert mit langweiligen Statistiken zum weltweiten Wetttrinken.

Die Rolle der Werbung und der Mund-zu-Mund Propaganda sowie deren Ambivalenz zu den Fakten. Der Rausch in seinen Stufen und Erscheinungsformen bis zur Abhängigkeit, und dem Verständnis als Krankheit. Die Folgen des Alkoholismus in nüchternen Zahlen, der Entgiftung und Entwöhnung sowie dem Symptom des Rückfalls.

ISBN: 978-3-746-04995-3